さようなら大江健三郎こんにちは

SAYONARA OE KENZABURO KONNICHIWA

司 修

鳥影社

さようなら大江健三郎こんにちは　目次

さようなら
大江健三郎
こんにちは

著者自装

序

私の母は、明治三十年三月三日生まれでした。母が三十九歳の時、シングルマザーとして私を生んだのです。一月、母が亡くなる寸前、口を開けてゴーゴーと荒い呼吸をしながら、ス……イ……セ……ンという四音を残しました。ゴーゴーの合間の音なので意味を理解できなかった私は、五月に入って、仕事場の雑草だらけの庭に、ラッパ水仙がいくつも咲いてびっくりしたのです。ああ、このことだったのだ、と思うと涙が出てしまいました。

私は、「母の魂が水仙の花になって来ている」と童話のような思いを持ちました。それからというもの、私は、母の誕生日である三月三日と水仙の花が咲いた日を、「母のお盆」として、母が好きだった新潟の酒を買い、独り酒をして母を思うようになったのでした。親不孝者の謝罪酒です。

大江健三郎さんが亡くなった知らせを、『群像』の編集者から受けたのは二〇二三年三月半ばでした。私はガラケーをにぎりしめ言葉を失いました。三月三日、陽が落ちてから朝方まで飲んで一升瓶を空にした私は、〈Oe さん〉の死を悼んでいたのかもしれないと思いました。この思い込みこそ私の欠点なのですが。

『晩年様式集《イン・レイト・スタイル》』の見本が出来た晩、成城のイタリアンレストランに家族で招かれ、私は、武満徹さんの自筆楽譜『雨の樹』を、光さんへ、バトンタッチいたしました。

みなさんとお別れする時、大江さんから「もう、会うことはないでしょうから」と握手を求められ、私は汗ばんだ手で、大江健三郎さんの手を握ったのでした。

力弱い声で

『大江健三郎全作品1』（新潮社）の表紙をめくると、みかえし一面に薄墨で書かれた献辞が広がります。私の眼の前で書かれたものです。

私が力弱い声で叫ぶのは
その死者たちの何人かに
たのまれたからであり、
私は彼等の名において
語るのである。
——「殉教者の證人」
一九七〇年冬
大江健三郎

私は「殉教者の證人」が、ルイ・アラゴンの言葉とは知らず、素晴らしいと思い、『ヒロシマ・ノート』を感じていました。

アラゴンは、『美術批評』（美術出版社）という、美術、音楽、演劇などの、批評と投稿のある雑誌に、よく登場する詩人でしたのに。

作家・大江健三郎のサインに「冬」とあるのは十二月のことです。

『大江健三郎全作品』（新潮社、一九六六年十二月初版）を私が全巻いただいたのは、一九七〇年十月三十日発行、九刷でした。

第一巻の年譜に、作家の、国民学校時代の「作文」がありました。

一九三五年——一九五〇年　愛媛県喜多郡大瀬村に生る。この村は現在、内子町に合併されて地図の上には存在しない。大瀬国民学校に入学、戦争、父死亡。《この頃は暖い日が毎日つづきました。たんれんうんどうをした頃の事が、六せんち五みりぐらいのびた麦畑のあぜ道を通りながら考えていると、そよそよと春風がぼくの頭をなぜるようによきすぎる。日本の大強国に生まれた者は、外国に生まれた者とくらべたらだいぶぼくらのはうがありがたいと思ふ。ぼくらには、ありがたい皇后陛下がついていらつしやるのだもの。ごうごうとひかうきが大きいばく音を立てながらみどりで色づいた山の向かうから飛んでくる。ひかうきも春がきたのでうれしさうだ。ひかうきが春をはこんできたやうだ。ぼくは思はずとてもとてもよいにほひをまきちらす空に向かつてばんざいとさけんだ。今も春なんかない南方の空では今とんだやうな海わしがかつやくしていられるかと思ふと日本の国はいいなあーと思った。》（国民学校での作文）《戦争が終わったとき、ぼくは山村の小学生で、十歳にしかすぎなかった。天皇がラジオをつうじて国民に語った言葉は、ぼくには理解できなかった。ラジオのまえで大人たちは泣いていた。ぼくは、夏の陽ざしのあたっている庭から、暗い部屋のなかで泣いている大人たちを見つめていた。（……）》

（『大江健三郎全作品1』）

年譜に小学生の作文が書かれるのは珍しいと思って読みました。けれどそこに「戦争、父死亡」が加わると、重い問題が隠されているように思え、読み始めた小説を、再読しようとも思ったのです。

〈Oé さん〉が小学校へ入学した日から「尋常小学校」は「国民学校」と名称が変わりました。「国民学校」の目的は一言でいうと「皇国民の錬成」でした。知識を磨くとともに身体の鍛錬、精神の鍛錬が重んじられました。朝礼は「皇居遙拝」から始まりました。常に児童は、国体のありがたさと日本国民として生まれたありがたさに、深い感謝の念をささげなくてはならなかったのです。

わが国はどんな国体であるか、わが国の文化はどんな特色を持っているか……わが国は今、日本だけの日本ではなく、東亜の日本、世界の大日本であります。（……）日本は、東亜の諸民族の指導者となって、東亜共栄圏を確立し、東亜に新秩序を建設して、東亜の平和をはかり、さらに世界の平和に貢献しなければならない重大使命を持っているのであります。

（『小国民新聞』一九四一年二月二十六日）

昭和十六年二月二十六日の『小国民新聞』に載った、文部省初等科教育課長の「私たちの国民学校」とは、の一部分です。

［ぼくらには、ありがたい皇后陛下がついていらつしやるのだもの］という箇所を読んで私は、「靖国の遺児」という特集のあった、『写真週報』を思い出しました。焼跡の古本屋で小学四年生の私が一山いくらで買ったものの一冊です。父や兄の戦死は、喜ぶべき事だったのです。私の兄は病弱で、昭和十九年末まで「兵隊さん」になれず、冷たい世間の目を意識しなければなりま

せんでした。戦地で死なない若者は「非国民」なのでした。空襲のあることが米軍機からのビラで知らされ、人家のない避難場所へ向かう者に対して、闇の中から「非国民」という声が向けられたのです。

全国津々浦々から遺児代表四千人近くが靖国神社に集められ、戦死した父や兄へ成長した姿を見せ、日比谷公会堂での式典で、皇后陛下からのお菓子をいただき、「靖国の遺児」参加者の報告会での、「皇后陛下からのお菓子」は宝物だったのです。

私は、「海わし」という言葉にも反応します。

私が国民学校へ入学したのは、一九四三年四月ですが、入学して間もなく、授業として学校から町の映画館まで歩いて、漫画映画『桃太郎の海鷲』を観たのでした。マンガがなめらかに動く長編映画は、それまでなかったのです。国民学校になってから導入された文部省推薦映画授業でした。『上毛新聞』に、「もはや我々の清らかな「神話」となった御伽噺の桃太郎がお馴染みの犬、猿、雉を引き連れて敵米英の牙城鬼ヶ島港「ハワイ、真珠湾」を強襲する物語である」と映画情報紙面にありました。

私の町の子らは、前年の四月、ハワイ真珠湾「強襲」の軍神、岩佐中佐の御霊が汽車に乗って前橋駅に着き、厳かな悲しいラッパの吹奏と共に駅から生家への道を行進した感動的な情景が心にありました。私はまだ幼稚園児でしたが、家のすぐ近くを、悲しいラッパの行列が砂利道をザックザックと通り、大群衆の後ろで、小学生から大人までのシクシク泣く声を聞いていたのです。私の家から軍神の墓碑のある寺は近く、町内の子供たちは、寺までの道の掃き掃除を毎朝していました。私の育った町にとって漫画映画『桃太郎の海鷲』は現実的なのでした。

〈Oeさん〉の敗戦時の学年は五年生。私は三年生でした。二年先輩であることはとてつもなく違いがあり、〈Oeさん〉は新制中学に入学すると、岩波書店へ注文して、文庫本『罪と罰』を求めて読んでいます。天才・大江少年と私は、地球とビー玉ぐらいの違いがあるけれど、時代は同じです。

一つだけ、戦争における違いがあります。町が空襲罹災したこと、しなかったこと。私が長く作家・大江健三郎の装幀を担当出来たのは、私の無学無才と焼跡生活だったと思うのです。

「そよそよと春風がぼくの頭をなぜるようによきすぎる。」という雰囲気が、『内子のむかし話』（一九八五年、愛媛県内子町教育委員会）として語られています。

大瀬の春はのどかです。細長い谷間の村の街道ぞいを、菜の花が細長く埋める頃になると、澄んだ鈴の音が聞こえます。白っぽい田舎道を四国八十八ヶ所参りのおへんろさんの黒い影がゆっくりと動いていきます。小さなわら屋根のお堂や農家の軒下にはお茶やお米が用意され、一休みしているおへんろさんのやさしい顔も見えます。

村の中心を流れている小田川にはイカダが流され、街道では、へんろ宿やそば屋さん、かじ屋さんなどが商いをしていて……でも、一歩村内に入ると、家族中が冬も冷たい水にふれながらの「紙すき」や高い木の枝の「はぜとり」、田畑の仕事をして（……）

（『内子のむかし話』）

大瀬の昔はへんろ宿などもあるのどかな村だったようです。小田川には、いかだ師が山の木を束ね、二十五メートルものいかだを組んで長浜まで流し、自転車で大瀬へ戻っていたそうです。成留屋橋の「のびあがり」という化物は、上を見るといくらでも大きくなり、下を見るといくらでも小さくなる、カワウソが化けたものといわれていました。大瀬の七不思議の一つです。

成留屋橋と江口《こうぐち》橋のまん中へんに、白《しろ》うに光っている大きな岩があるん。知っとるじゃろ。あの岩は、「切石の生き仏」と呼ばれとんよ。見ておみ、仏様の横顔に見えるじゃろ。ある時、切石の上で目をつぶって考えておられる生き仏様を見た人がおるんと。手を組んだお姿は、目がつぶれそうなぐらい尊い様子だったと、今でも語りつがれとんじゃ。

この切石には一つ目小僧ののびあがりが住んどって、やっぱり伸びたり縮んだりして旅のお人をおそろしがらしとったという話もあるんじゃ。

また、鬼の足あとだと言い伝えられとるくぼみも、切石の上には残っとんよ。向こうの山に住んどったものすごく大きな鬼が、水を飲みに下りて来たんじゃと。右足を切石の上において、左足を中野の上において、たいそう飲んだそうな。鬼があんまり重いんで、とうとう、切石の上に大きな足あとがついてしもうたんじゃそうな。

（『内子のむかし話』）

庚申山の森は、大江文学の「森のフシギ」が生まれています。〈Oé さん〉は、故郷に帰ると、庚申山の森を歩き、庚申山の神さまに祈り、少年時の、お祭りにはそこで相撲をとり、お神楽をしたようです。〈〈Oé さん〉はそのような気持ちがあったと表現しています〉

「人瀬は八十八ヶ所参りの道筋にあるから野仏が多くいらっしゃる。馬頭観音（動物の守り仏）や千手観音、不動明王、阿弥陀如来などに手を合わせて通る人は今も少なくない。」と「庚申さま」というむかし話は始まります。

何か失《う》さしたらのう。この星中神社のお庚申さまに『どうぞ失せ物を見つけてください』とおがむと、不思議と出てくるんじゃ。お庚申さまは、『見ざる』『聞かざる』『言わざる』の三匹の猿をお祭りしているので先がよく見えるのよ。むかしは、この辺りは曾根という庄屋の庭だったんよ。そこに星中神社を建て、ご本尊として庚申さまが祭られるようになったんよ。

（『内子のむかし話』）

石村というお爺さんが、成留屋橋を渡ってお庚申さまを拝もうとすると、ご本尊の庚申さまが消えてしまっていたので、何日も何日も辺りを探し回ったけれど見つからなかった。お爺さんは心配で眠れません。するとある夜、夢にお庚申さまが現れ、「小田の参川におるので、来てくれ」といいました。石村のお爺さんは、庚申さまを見つけて、やっぱり庚申さまは大瀬が好きだったんよの、と庚申さまを抱いて戻ったので、それからというもの、庚申さまにお願いすると失ったものが見つかるという人たちが増えたのだといいます。

コラージュ

私は、『日本の文学76』（中央公論社、一九六八年）の挿絵を描くことになり、小説を夢中で読んだのでした。作家・大江健三郎の作品は、《死者の奢り》《芽むしり仔撃ち》《セヴンティーン》でした。私はすべて、背景、人物その性格、物語全体のことなど無視して、小説を繰り返し読んでいて、ひっかかる数行のイメージに簡単なペン画を繰り返しました。（全集に載る石原慎太郎、開高健の作品に対しても同じく）

メモとしてのドローイングを元に、銅版画を作って、その試し刷りに、欧米の古い図版を切り抜き、コラージュしたのでした。挿絵に関連した小説の数行と、私の一言を添えた絵を見てもらおうと思います。

《死者の奢り》——濃褐色の溶液に浸って死者たちはじっとしていた。僕は死者たちに性別のあること、顔を溶液に突っこんで背と尻《しり》とを空気にさらしている小柄な死体が女のそれであり、揚蓋の支えに腕をからんでいる死体が男の強く張った顎をしてい、その短かく刈った頭部に腰をすりつけている死体が不自然に高く盛上って、縮れた体毛のこびりついている女の陰阜《いんぷ》を持っていることに気づいた。しかし、性別はそれらの死者を殆ど区別するものではなかった。

★

物語とか、文学的本質とかこだわらず、恐ろしいことに、文学とは何かを理解せずにイメージを膨らませていたのでした。銅版画の水に映る、どちらかといえば「アグイー」のような物体の眼や鼻や口は「女の陰阜」として、コラージュした男の裸体が浮いているような画面を構成したのでした。

《芽むしり仔撃ち　1》――性こりもなく脱走の試みをくりかえしては、村々、森、川、畑の隅ずみで悪意に燃えさかる村人にとらえられ半死半生の状態でつれ戻された。僕ら遠い都市から来た者たちにとって村は透明でゴム質の厚い壁だった。そこへもぐりこんでもやがてじりじり押し戻され突きだされてしまう。

したがって僕らに享受《きょうじゅ》できる自由といえば、あるいは激しく埃《ほこり》をまきあげあるいはぬかるみがくるぶしまでのめりこませる村道を歩き、また寺や神社や納屋《なや》の隅で眠る間（……）

歩く少年はもとより、殆どみんな不機嫌《ふきげん》な感情、胸のなかでむくむくふくれあがり喉《のど》にこみあげる感情を分けあって、ものに沈みながら歩くのだった。

★

この感情を絵にしました。それは私自身の喉にこみあげて来るものでもあり、絵をどう表現するのか分からぬまま、ただつっ走ったのでした。

《芽むしり仔撃ち　2》——急激な怒りが僕らすべての者の躰を熱くした。僕らは怒りくるって谷の向うへ罵声《ばせい》をあびせた。しかしそれは葉を落した柏《かしわ》の樹立《こだち》の斜面におりしいて銃を軌道にむけている男へ伝わって行く前に、谷へ落ちて行き谷底の川の水音にかきけされた。僕らは怒りにみちて孤独だった。

★

怒りにみちて孤独、この一言を描きたかったのです。それはコップに満たしたビールが、太陽光を浴びて、細かな泡をきりもなく立ち上げるのに似ていました。

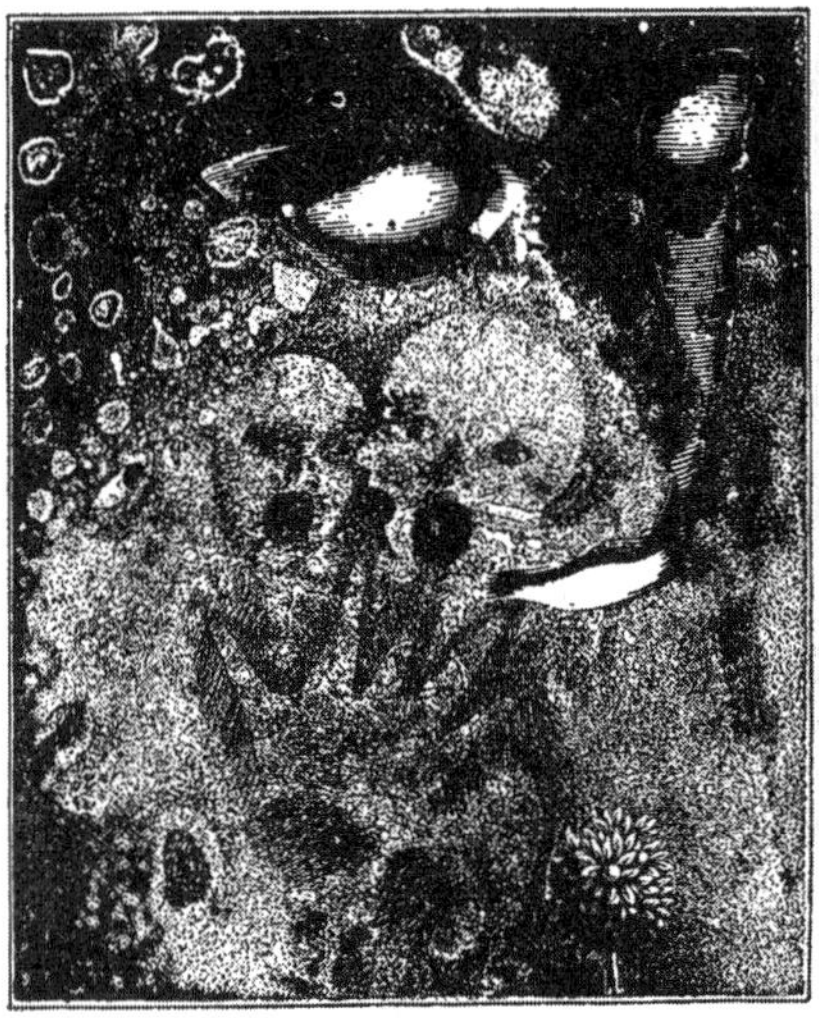

《芽むしり仔撃ち　3》——僕の胸を村の男の竹槍《たけやり》の太い柄《え》が激しく横殴りに払い、僕は羽目板に頭を打ちつけて倒れ呻いた。呼吸を回復することができない。そして口腔の苦い血の味、それからあふれ出る鼻血。僕は顎をあおむけに唸《うな》り声をあげながら次の襲撃を避けて羽目板の隅《すみ》にいざりさがった。鼻血は頬を横に流れ耳の下、首筋、下着のなかの皮膚を汚した。殴られることになれている僕の鼻は殆《ほとん》どただちに出血を止めたが、下腹から背へぞくぞくかりたてるおびえと鼻血の凝固しはじめた粘い膜の上をつたう涙は決して止まろうとはしないのだ。

★

この鼻血の感覚を絵にしました。私の国民学校三年の担任教師のビンタとその理不尽な理由、それが私の鼻血感覚でした。教師は、剣道師範でもあったので、体罰の名案を私たちに向けました。ブリキのバケツを頭からかぶせ、竹刀で叩いたのです。ビンタの痛みはないのですが頭の中が飛び散ったようになって、アニメーションのように眼がクルクル回りました。

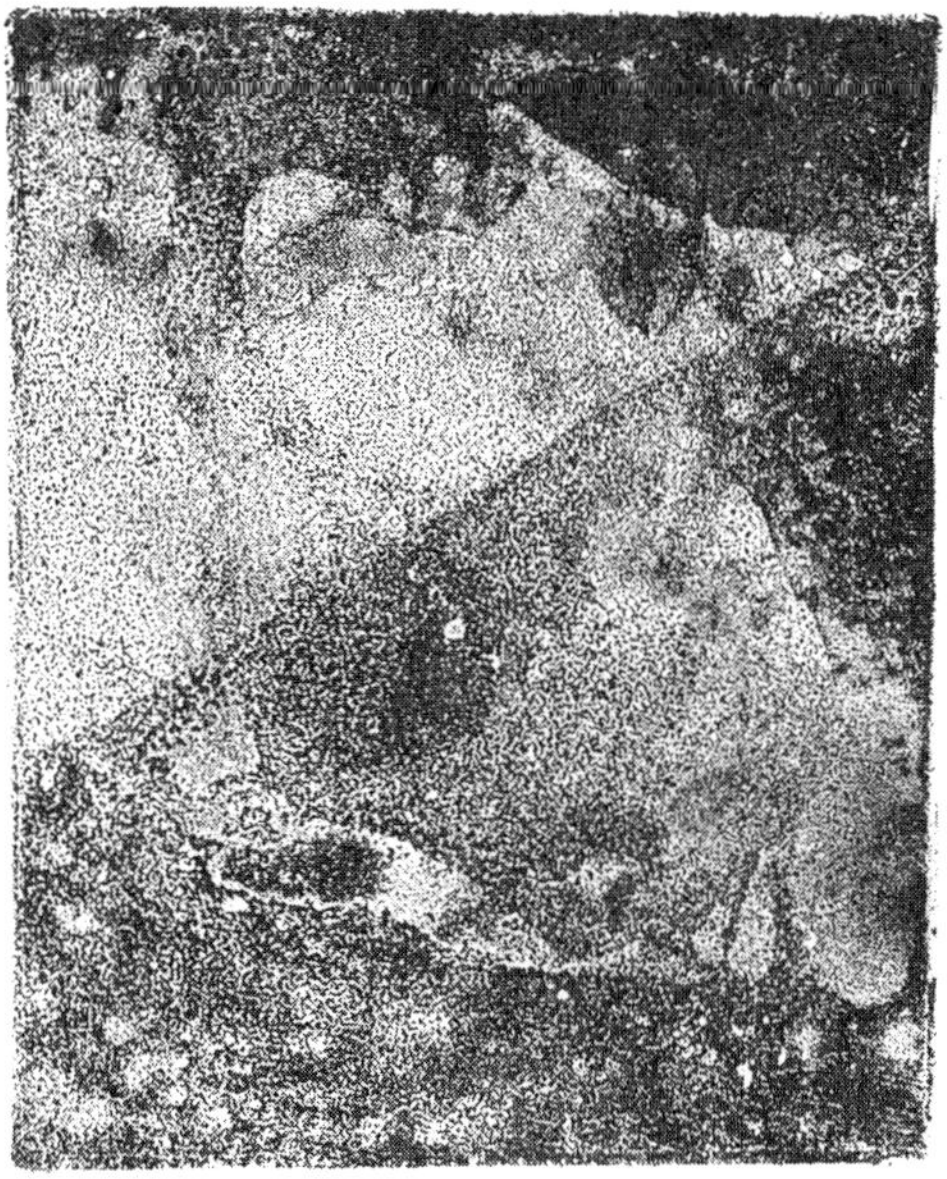

《セヴンティーン　1》――おれは少しずつおちついてきた。おれは姉を傷つけたことを後悔しさえした。眼が傷ついていて姉が失明するようなことがあれば、おれは自分の眼を犠牲にして角膜移植の手術をしよう、とおれは考えた。おれは自分のしてしまったことを償わなければならない、自分の罪を自分の肉と血で償わないやつは卑劣な厭《いや》らしいやつだ。おれは自分のやったことを償わないやつじゃない。

★

私の稚拙な読書からか、この小説の主人公である人物の未来を嫌いながら、遠ざかりながら、小説の言葉を絵にしたかったのです。私のやけっぱちに生きていた少年時代の、まだ、焼けトタンバラックがあちこちにある夜景の中で、しゃがみこんでしまった私の小さな黒い塊。

《セヴンティーン 2》——《右》のおれにたいして敵意をもつ者が、おれの高校にいなかったわけではない。全学連と連絡をとってデモに参加したりする計画をねる生徒自治会の委員たちは、おれに議論をふっかけてきた。おれは、かつて自分が《左》の指導者の意見に感じていた不安を、そのまま裏がえしてしゃべるだけでつねに勝った。姉が誕生日の夜のおれをうち負かしたように、おれはかれらをうち負かした。それにかれらたち自身、平和について、再軍備について、ソ連、中国について、アメリカについて、確信できるほどがっしりとその考えを把握してはいなかった。それはただ、かれらの弱みを衝《つ》くだけでよかったのだ。

★

消えてしまいそうな「おれ」の孤独、その生と死、そんなことを考えていたように思います。

『文藝』（河出書房）

中央公論社の文学全集七十六冊目の、『日本の文学』に次の小説が入っています。

「太陽の季節」「処刑の部屋」「行為と死」——石原慎太郎。

「パニック」「裸の王様」「流亡記」「二重壁」「五千人の失踪者」——開高健。

「死者の奢り」「芽むしり 仔撃ち」「セヴンティーン」——大江健三郎。

全集の年譜、「石原慎太郎」一九六五(昭和四十)年一月に、「『星と舵』を『文藝』(2月完結)」とあります。

長編『星と舵』は、雑誌『文藝』一月号のみでは収まらず二月号に後編が掲載されました。私はそこで初めて、『星と舵』の挿絵を九枚ずつ描くことになったのです。それがなかったら、私は〈Oéさん〉と会うことがなかったかもしれません。

『文藝』（河出書房）

『日本の文学76』が出る三年前の十二月、『文藝』編集者・寺田博氏から私に電話がありました。それも初めて。

私は生活費を稼ぐため、いくつもの出版社に出かけて、三、四枚のデッサンと手書きの名刺を配っていました。

「あなたは、挿絵を描く気はないかね。石原慎太郎の小説なんだが。実は、石原慎太郎専属の画家が、旅先で石原の名をカタって詐欺をしていたらしく、それが発覚してね。どのような絵かきをつかってもいいが、人物を描かないでくれと石原にいわれたんだ。それで、挿絵をやったことがないあんたでも出来ると思ったんだが」といわれました。私は、桃源社という小さな出版社で、月に二枚か三枚の絵を買ってもらい、三軒茶屋近く、農家の六畳間を借りて情けない生活をしていたので、「やってみます」といったのです。電話を切ってすぐに河出書房へ出かけ、ガラス戸を開けてすぐ前の椅子で二十分ほど待っていると、眼の前の階段を作家らしき男が下りて来て、編集者と二人で外に出ました。後に、作家らしき男は、高橋和巳だと寺田氏から教えられました。たったそれだけのことで私は、高橋和巳の本を読むようになりました。

神保町の洋書専門古書店は、日本橋蛎殻町にある桃源社からの帰り、必ず行く古書店で、そこは私にとってヨーロッパの美術館なのでした。

ヒエロニムス・ボッシュ、ピーター・ブリューゲル、デューラーやクラナッハ、ボッティチェッリや、ダ・ヴィンチの画集を、見るだけの客として店主に認められていたのです。いかにも貧乏人に見える私を泥棒ではないと認めてくれたのです。美術館が買いに来るような、オリジナル版画本もありました。

私はそこで、山積みの雑誌からヨットレース特集のグラフ雑誌を数冊買い、小説『星と舵』のストーリーにそったシーンを描いたのです。寺田氏は、挿絵に、人物があるかないかを確かめただけで、「いいだろう」といい、「ところで相談なんだが、来月号も『星と舵』の後編が載るのでたのむ」といったのです。「一月号の表紙は石原慎太郎の写真だが、二月号はもう、開高健の写真に決まっているんだ。まあ、しかたがない」

『文藝』の表紙は、ムービースターのように美男子のポートレート・石原慎太郎でした。山川方夫の《表紙の人　石原慎太郎氏　青年期のシンボル》に、「太陽の季節」で登場して、すでに十年になるとありました。

氏の出現した後の青年たち、昭和三十年代の青年たちは、ちょうど膨張期を迎えたマス・メディアの波にのった「太陽の季節」の作者の、奔放ではなばなしい、あたりかまわぬ精力的な活躍に、ある理想的な「青年」のすがたを見た。氏の作中人物に欠けている肉感、人間としての重みをおぎなって、その「石原慎太郎」の活動は、かれらに一人の理想像・シンボルとしての「青年」のイメージをあたえたのである。(……)最初に私がいだいた文学者・石原慎太郎への不信頼は、「処刑の部屋」により一変し、「亀裂」によって、完全にひとつの畏敬の念にかわっていた。

(『文藝』一九六五年一月号)

『文藝』はどの小説にも絵が入っていました。みな著名な画家で、そのころすでに準備されていた、カラー版『世界文学全集』は中流家庭の本棚を飾るようになったのではないかと思います。河出書房の仕事が多くなり、私は『世界文学全集19 ロレンス チャタレイ夫人の恋人/狐/エトルリア紀行/他』の絵を描きました。挿絵という概念を捨て、勝手に描けと編集者にいわれ、文学からの刺激を、物語の場面としてではなく、象徴的に描きました。当時、挿絵画家というのは、純粋画家から軽蔑されていましたが、私は尻をまくり、私の絵のスタイルとしてしまったのです。文学からの影響を受ける絵画のことを、言葉通り「文学的」と批判されていて、それは世界的な批判と認めてはいましたが。

『日本の文学76』担当編集者から電話があったのはその頃です。「挿絵というより作品とか版画、デッサンを、石原、開高、大江の小説に描いてもらいたい」と。彼はそれまで出た全集の小説家と画家の組み合わせを話してから、「絵は誰にしますかということになって、石原さんはあなたの名前をいい、開高さん、大江さんは、いないといわれて、石原さんが、それじゃあ、おれの小説に絵を描いているやつにしたらどうかとなって、三人ともあなたに」というのでした。

文芸評論家・磯田光一の「解説」。

石原慎太郎

昭和三十年七月号の雑誌「文学界」は、文学界新人賞の入選作として、「太陽の季節」を掲載した。この作品は、翌年に芥川賞を得ることによって、ひとつの社会的事件としての色彩をもって喧伝された。しかし、この作品のもっている文学史的な意味は、当時の多くの人々によってはほとんど認識されていなかった、といってよい。

(……)

人はしばしば、自己のエゴイズムの伸長を、ただひとつの自由であると思いこんでいる。しかし、人間が心の奥底で求めているのは、はたしてそういう意味での自由なのであろうか。「太陽の季節」の龍哉の求めているのは、けっして社会的な出世などではなく、「スポーツ」や「性」を通じての、一瞬のギラギラするような生命の充実感にほかならない。そしてここで、「性行為」というものを、〝相手の中に自己を埋めつくし、自己否定の極限にあらわれる充実感の獲得〟というふうに考えるならば、「太陽の季節」の基底部にある「性」と「スポーツ」の意味も明らかになろう。そこでは素朴なヒューマニズムは、まったく拒否されているのである。

開高　健

開高氏の文体には爽快さの底にいい知れぬ焦躁感が秘められており、にもかかわらず、その焦燥感さえも批評しうるユーモアないしはサタイアがある。ネズミの行動に苛立っている「パニック」の主人公は、ネズミが湖にとびこんでゆくのを見て、爽快な感覚を味わっているし、「裸の王様」では、それは結末部の審査員にたいする笑いとしてあらわれる。開高氏の「笑い」は、西鶴の意地悪な笑いとも異なり、永井荷風の侮蔑的冷笑とも異なり、ラブレーの哄笑とも少しちがい、ましてや太宰治のてれと道化につながる笑いではない。それは大阪の庶民の笑いに根ざしつつ、なおかつ現代社会の尖端の背理を通過した者の笑いである。この全集には収められていないが、氏の「日本三文オペラ」を、昭和十年代に書かれた武田麟太郎の同名の小説と比べるならば、そこには敗戦をはさむ二十年の歳月が、日本の庶民の上にもたらした変化、さらにいえば、作家の庶民感覚と笑いの質との微妙な変化に気づくであろう。

大江健三郎

大江健三郎氏は、「文学界」（昭和42・7）の座談会で、「セヴンティーン」にふれて、「自分の頭の中で、どんなに深く入りこんでいっても見つけることができないような人間を空想することから『セヴンティーン』を書いたんです」といっている。また「群像」（昭和42・10）の座談会でも「セヴンティーン」にふれて、「ぼくは日本とは何か、日本人とは何かということを小説に書きたい」と述べている。こういう作者の言葉を考慮して、「セヴンティーン」の問題を考えてゆくとき、私は〝思想への殉教〟による至福の到達という、日本的な政治実践者の背理、さらに人間存在の背理そのものに突き当らざるをえない。（……）「セヴンティーン」の根にある心情は、普遍的な人間の問題としては、政治にあらわれるエロス的情念の質を示している。と同時に、この小説は、思想のために献身するという自己否定の倫理の構造を通じて、日本人とは何かを問うた作品であるともいえよう。

（磯田光一「解説」『日本の文学76』所収）

『日本の文学76』で、私は初めて大江健三郎の小説に絵を描きました。

〈Oeさん〉にしてみたら絵の必要など考えていなかっただろうし、開高健氏は、どうでもいい、であったと思います。

とにかく当時の仕事依頼は、編集者からの手紙か電話で簡単でした。編集者は知り尽くした作者の人柄や作品の内容、それをこうしたいと、資料やら作品の背景などを語り、私にラフスケッチを描かせ、ＯＫが出れば仕事を進めたのです。その出来栄えがどうであったかは、他社の編集者からの依頼によりけりでした。

『文藝』（河出書房）

『日本の文学76』は一九六八年に出版されていて、扉を開くと中央公論社・応接室と思われるソファに座る著者三人の写真。カメラマンは、その場の状況、三人の人間関係をしっかり観察したうえでシャッターを切っていました。

一九三二年生まれの石原慎太郎が向かって左に、黒っぽいコートの襟を立て、正面を向き、眼はレンズより上に向けています。その右、真ん中に、一九三〇年生まれの開高健が背広にネクタイしてドーンと座り、両足を広げ、眼はいくぶん笑みを感じさせ、お腹の前で指をもてあそんでいます。その右に一九三五年生まれの大江健三郎。背広にネクタイ、片足を組んだ上に手を固く載せて、開高健のにこやかな表情は、両端の作家を近づけないユーモアを感じさせるのです。

三人とも、「若い日本の会」のメンバーでした。しかし一九六一年九月、中央公論に書いた大江健三郎の、「戦後青年の日本の復帰」（『厳粛な綱渡り』）を読むと、深刻な問題が表面化していたのでした。

《若い日本の会》という若い芸術家の会をとおしてみても若い芸術家の頽廃の徴候はあきらかである。私はその会員の一人として自己批判しなければならないだろう。江藤淳は会の指導的な理論家であるが、かれがハガティ事件について書いた《朝日ジャーナル》の文章は、結局かれが日本の一九六〇年の現実にたいして主体的に立ちむかう能力をもっていないことをあらわしたものであった。江藤はハガティの車をかこむ労働者・学生に絶望している。

（……）

また石原慎太郎は、デモ行進に参加するよりも一人の読者をテロリストに駆ることを高く評価するといったことがあるが、かれは、なぜ他人をテロリストにしなければならないか？　自分がテロリストになってはなぜいけないのか？　という反省をくぐりぬけたことはないと思われる。

（大江健三郎「戦後青年の日本の復帰」『厳粛な綱渡り』所収）

「若い日本の会」のメンバーは、浅利慶太、石原慎太郎、永六輔、江藤淳、大江健三郎、開高健、武満徹、谷川俊太郎、寺山修司、羽仁進、黛敏郎、などでした。魅力的な人物ばかりでした。

一九七〇年六月刊の、大江健三郎著 改訂版『叫び声』（講談社）の装幀も、著者に関係なく編集者からの電話一本で私がすることになりました。編集者から簡単なストーリーと、注目された批評の一つを聞きました。小説は五つの章になっていて、〈友人たち〉〈セックスの問題〉〈虎の行動〉〈怪物〉〈真夜中〉、河上徹太郎の批評にこのように書かれていると。

これは混血児を交えた四人の日米非行青年の愉快な共同生活の物語である。彼らの奔放な青春には、一抹の憂愁が共通していて、その友情が不条理なまでに堅くなるところに、彼らの孤独が深まっていくと。他に、平野謙の文芸時評に、青春というものはつねに、正規の世界から拒まれた居心地の悪さに象徴されている。それをいま大江健三郎はアメリカ兵の農夫射殺事件や小松川女学生殺しなどに触発されて、新しい現代の青春物語としてあざやかに再構成した。ここには既成の文学観念を破るべき新しい試みが敢行されている、と。

絶版であった箱入りの『叫び声』が送られて来ました。著名な抽象画家の装幀はシンプルで美しい本でした。私は、何か一つ、感じるものをつかもうと思って読みました。そこに私の「叫び声」もあるはずだと。しかしそんな簡単にはいかず、私はエッチングのための銅板に、何も考えぬまま、針で傷をつけていきました。小説を二度読んでも、たった一枚の絵の形が浮かんで来なかったのです。それは、現実に起こった、まだ私の記憶に深くある事件が関わっていたからかもしれないのですが。小松川高校殺人事件は、「朝鮮人差別問題」が深く関わっていました。私の子供のころ、すぐ近くの長屋に、朝鮮人母娘が暮らしていて、漬物交換会での美味しいキムチの味は、差別のない暮らしを自然に感じていたのです。戦争中の方が差別意識は強かったろうと思うのですが。

ジラード事件は、前橋地方裁判所で裁判が行われたことで、地方紙に大きく報道された関係もあります。新聞記事はのこらず読んだのでした。戦争は時代が変わっても、人を人と思わない事件や殺人が繰り返されます。

私は、朝鮮戦争休戦条約が結ばれたころ、二人のＧＩと親しくなり、一人は兵士として朝鮮に行き、どうなったのか不明です。一人は、事務系の兵士でしたが、反戦思想を問われて本国送還されました。ジラードと正反対な米兵を知ったのです。

新橋・第一ホテル喫茶室

私は、大江健三郎さんに向けて、思えばきわめて無謀な手紙を書きました。しかも、手紙の書き方も知らぬ私の、「写真集を出すので序文を書いていただけないでしょうか」と。〈Oé さん〉から、とにかく会いましょうという返事をいただき、新橋・第一ホテル新館、喫茶室で会うことになりました。

一九七〇年半ばのこと。

入口は狭く細長い喫茶室でした。約束の時間に入っていくと、奥の席に客は一人きり。大江健三郎さんでした。両側に並ぶ客席の中央で、名前をいっておじぎをすると、

「つかささんですか、大江です。私は、あなたに会って、断ろうと思いました」と、忙しそうにわずかな吃音でいったのです。私はわざわざ会って断ってもらったことに感謝しました。「ありがとうございました」、私が帰ろうとすると〈Oé さん〉が、「お茶でも飲みませんか」といったのです。私は、おずおずと椅子に座りました。

私は対人恐怖症ぎみで、下を向いて黙っていました。まだ前橋にいて、独学で絵を描きはじめたころ、芸者である姉に、日本画家の客に紹介するから、絵をもっといでといわれ、いやいや、「著名なる」画家のアトリエにひっぱっていかれたことがありました。私は画家のアトリエに飾ってある絵を見て、「帰ります」といって外に飛び出たのでした。後で姉にしこたま叱られましたが、それでよかったと思っていたのです。そんなことを思い出し、もじもじしていました。

それを見かねてか〈Oé さん〉が、「せっかくだから、写真を見せてください」といいました。絵葉書ほどの大きさに焼き付けた写真を見せると、私は汗が噴き出しました。〈Oé さん〉も困ったでしょう。これをどうやって本にするのだと。

木食《もくじき》上人の微笑仏を見て〈Oé さん〉は「この笑いはいいなあ」といいました。私はもう断られた後だから、「これ、いいんですよ」と、写真ではなく微笑仏をほめたのでした。そのころ、木食仏は芸術と思われていなかったのかもしれません。

「いくつもの木食仏が、ほこりをかぶって小さなお堂に小さくなって鎮座しているのが嬉しくて」と私はいいました。「抱きかかえて、天上からたれ下がる裸電球の下に運んで撮影しました」

滑稽な撮影現場を説明して、さすがの閻魔大王は重くて動きませんでした。風化された板づくりの柏崎十王堂、その薄暗いお堂の角に雑然と並べられただけの、十王像、閻魔大王、豪快な笑いでたれた乳を揺らす葬頭河婆《そうずかのばば》、微笑仏などが、夕闇を感じて、あくびをしたり、耳の穴をほじったり、クシャミをしたり、咳をしたりしていたので、木食の彫像に喋らせたかったのです。

サテサテ　カレラモ　ネシズマッテ
ワレラノ　クラヤミガ　ヤッテキタ
ソロソロト　ハジメヨウデハナイカ

十王堂は狭く、悲劇的な地獄ではなく、村人の集まりで、茶や酒を乾燥したカボチャの種をつまみに、常会を開く場所でした。十王堂には二十燭の裸電球が天井から下がっているだけでした。それを点けると、仲間入りする蜘蛛がすーっと下りてきて……。

私は一杯の紅茶に酔ったらしいのです。

柏崎は十日町お召しを背負って、全国に売り歩く裕福な商人がいたらしく、お召しが売れて風呂敷一枚になると、店に帰る道々で、古文書や版画を買って集める人、大判小判を集めて貧乏生《ぐら》活《し》をする人、絵葉書ならなんでも集めた人、子供の遊ぶ玩具を集めた人などの住む町でした。その町の外れに、寂れた十王堂が……。

〈Oéさん〉は写真を見終わり、地獄絵に興味をもったのは？　といいました。

私はなぜか、上田秋成の本について話した記憶があります。

小学四年ごろ、敗戦後の焼野原での、電線（銅）を掘り出して仕切り屋に売ると、けっこうなお金になったけれど、食べ物など買うものがないので、町の外れの焼けなかった古本屋で、探偵小説や時代小説を大量に買って、近くの寺の物置に隠して読んでいたこと、いつの間にか本は無くなって、今でも一冊残っているのは一冊本の『上田秋成全集』だけで、総ルビだから読めたということ。意味も分からず読み続けたけど、上田秋成は私の絵に影響をあたえてくれたことなどを。

突然、〈Oeさん〉がいいました。「書きましょう。何枚ですか、二十枚ですか、三十枚ですか」

私は原稿料のことも考えて「一枚でけっこうです」といいました。

〈Oeさん〉は、「これから、前のホテルで、芥川賞の授賞式があるので」といって立ち上がりました。

私は、新橋駅前の書店でうろうろして、『厳粛な綱渡り』を見つけて買い、横町の飲み屋街もうろうろして、おでん鍋の横で、スッパスッパとキセル煙草を喫っているおばさんの店に入りました。いらっしゃいともいわないおばさん。熱燗とおでんを頼み、私は『厳粛な綱渡り』を読みました。すぐに大きな問題をつきつけられました。

ぼくは二十二歳から二十九歳にいたる、足かけ八年間のあいだに、いくつかの断片をのぞけば、ただ一篇の詩を書いただけだった。ここにその詩をひいておきたいと思う。タイトルは《死亡広告》である。

純粋天皇の胎水しぶく暗黒星雲を下降する
永久運動体が憂い顔のセヴンティーンを捕獲した八時十八分
隣りの独房では幼女強制猥せつで練鑑にきた若者がかすかに
オルガスムスの呻きを聞いて涙ぐんだという、ああ、なんていい……
愛しい愛しいセヴンティーン
絞死体をひきずりおろした中年男は精液の匂いをかいだという……

（大江健三郎「＊この本全体のための最初のノート」『厳粛な綱渡り』所収）

ああ、おれは「セヴンティーン」を読んでいたけれど「政治少年死す」は読んでいないな、と思いました。小説の絵を描くために読んだ「セヴンティーン」。あのラストシーンは、新橋駅前ではなかったろうか。

『厳粛な綱渡り』にある「戦後世代のイメージ」を読み出すと、私の戦後・焼跡の記憶が重なってきました。

〈Oéさん〉は山村の小学生で十歳にすぎないと書いています。とすると私は九歳でした。（後で知ったことですが、〈Oéさん〉は早生まれで二学年上）少年の〈Oéさん〉は、人間の声で話す天皇に驚いていていました。


天皇は、小学生のぼくらにもおそれ多い、圧倒的な存在だったのだ。ぼくは教師たちから、天皇が死ねといったらどうするか、と質問されたときの、足がふるえてくるような、はげしい緊張を思いだす。その質問にへまな答えかたでもすれば、殺されそうな気がするほどだった。

おい、どうだ、天皇陛下が、おまえに死ねとおおせられたら、どうする？

死にます、切腹して死にます、青ざめた少年が答える。

よろしい、つぎとかわれ、と教師が叫び、そしてつぎの少年がふたたび、質問をうけるのだった。

おい、どうだ、天皇陛下が、おまえに死ねとおおせられたら、どうする？

死にます、切腹して死にます。

御真影というものに、どんな顔がうつっているのか、ぼくは好奇心にかられながら、決してそれをまっすぐ見ることはできなかった。見たらさいご、眼がつぶれてしまう。

ぼくは病気になったとき、白い羽根を体いちめんに生やした、鳥のような天皇が空をかけってゆく夢をくりかえして見た。そしてぼくはおそれおののいた。

その天皇が、ごくふつうの人間の声で語りかけたのである。

（大江健三郎「＊《戦後世代のイメージ》」『厳粛な綱渡り』所収）

空襲で私の町が焼野原になったのは、昭和二十年八月五日夜でした。母と私は町から離れた古墳に避難して、町が大きな火の玉となって夜空を真っ赤にしているのを見ていました。地獄の炎を、「きれいだな」と思った九歳の私の感情を思い出すことは出来ません。

明るくなってから、桑の木の下を通って、母と私は野菜や闇米を着物と交換していた農家の、コンクリート台に屋根のある農機具置き場で藁にくるまって眠り、母が焼跡を見に行き、熱がさめてから家のあった場所に行きました。あちこちでまだ煙が立ち上り、私の家跡に人が群がって、爆弾かもしれないといいながら見ていました。三十センチほどの鉄の塊は、宇都宮・陸軍病院に入っていた兄の大型スピーカーでした。

八月十五日はそれから十日後だったでしょう。焼跡片づけは、母の消し炭との格闘でした。焼跡の熱はしつこく残って、ガキであった私でも、戦争はもうないという感覚がしっかりあったと思います。

八月十五日の天皇のラジオ放送は、焼跡のラジオ屋の、蜜柑箱の上のピーシュルシュルという雑音を発し続けるラジオで聞きましたが、その場に五分といなかったでしょう。考えてみると、焼野原でのラジオにどこから電気配線したか不思議です。百メートル先の寺は焼けていなかったので、そこからかと思いましたが、途中の電信柱は燃えて倒れ、電線は切れていたのですから……

その天皇が、ごくふつうの人間の声で語りかけたのである。ぼくらはみんな、おどろきにうたれていた。そして、それにもかかわらず、心のかたすみには、天皇を、なお神のようにおそれうやまう気持はあったのだ。あれほどの威力をふるった存在が、ある夏の日のある時刻をきして、たんなる人間になってしまうということ、それは信じられることだろうか。

このおそれの感情は、やがて正しいことがあきらかになった。ある日のこと、ぼくは教師にたずねてみたのである。天皇制が廃止になると大人がいっているが、それはほんとうだろうか？

教師はものもいわず、ぼくを殴りつけ、倒れたぼくの背を、息がつまるほど足蹴にした。

そしてぼくの母親を教員室によびつけて、じつに長いあいだ叱りつけたのである。

現在、天皇は国民にとってどういう位置をしめているだろう。

《象徴》という言葉は、あいまいな意味しかもたない。われわれは、この言葉を、自分流にどんな広さにも、あるいはどんな狭さにも解釈できる。結局それは、新しい憲法をつくるとき、天皇の位置や性格について決定することをせまられた人たちが、のちのちまで決定権を留保しておいたということではないか。（……）

そして、天皇が象徴であるという規定のある憲法のもとで、時には天皇はきわめて小さく無力な存在でありうるし、時にはきわめて強大な存在でもありうるわけである。


（大江健三郎「＊《戦後世代のイメージ》」）


ある程度の大人たちは、生き神様（天皇）が人間の言葉を発したことに驚いたことは、後になって知りましたが、私はまだ幼稚で考えも及びませんでした。

日本国憲法をよく読んでいない反省が、私を凍らせました。そして当時国民学校三年の経験が浮かびました。

私が三年になると、新しい担任「イ先生」になりました。五分刈り頭で、少しうけくちの、国民服が軍服に見えるキリリとした先生でした。五、六年生に剣道を教える師範だったのに、一般教員が兵隊にとられ、足らなくなったからでしょうか。「イ先生」は、男組三年になったばかりのガキたちに、「自分が何を教えるか、これから伝える、校庭に出て、日の丸の旗の下で宮城遙拝して待て」といいました。それが国民学校三年なりたての私の天皇陛下だったのです。「イ先生」が日の丸の旗の下まで走って来て、軍隊式の整列を厳しく教えてくれました。それから走って、校庭の真ん中に立てられていた、ワラ束を囲むように止まると、「イ先生」は細長い布袋から、白鞘の日本刀を出して黙礼しました。「これから自分のやることは、きさまらに教えるもっとも大切なことだ」と「イ先生」は白鞘から日本刀をギラリと抜きました。五十人以上いた三年坊主は、ぽかんとしていました。「イ先生」がワラ束に向かって走り、ワラ束をバサリと切ったのです。「イ先生」は日本刀を白鞘にスルスルとしまって、再び黙礼すると、「人間を切るとこのような音がする」といいました。それから武士道について話しましたが、よく分かりませんでした。チャンバラごっこは好きでしたのに。「イ先生」はタッタタッタタッタと走って校舎の裏側に消えました。たったそれだけのことだったのですが、空襲で学校が焼けるまで、「イ先生」の「連帯責任」によるビンタに歯を食いしばって耐えたのでした。「人間を切る音」は、神のように思え、恐ろしさとして、私に刻まれてしまったのです。

私は新橋駅、横町のおかみさんに、もう帰っておくれよ、といわれるまで、おでんも食べず、熱燗だけを何本も飲みながら、『厳粛な綱渡り』を読んでいました。

終電前の新橋東口駅前広場は真っ暗でした。私はベンチに座って、その日一日が夢のように思え、ボーッとして、絵を描くために読んだ「セヴンティーン」を思い出しました。セヴンティーンである「おれ」の自瀆するための性的な言葉に満ちていました。


四畳半の脱衣場の壁に大きい鏡が張ってある。おれは黄色い光のなかに裸でしょんぼり立っている独りぽっちのおれを見た。たしかに、しょんぼりしたセヴンティーンだ、毛だって細ぼそとしか生《は》えていない下腹に萎《しぼ》んだ性器が包皮を青黒い皺《しわ》だらけの蛹《さなぎ》みたいにちぢこまらせ、水やら精液やらを吸ってみずっぽくどんよりして垂《た》れさがっている、そして湯にのびた睾丸《こうがん》だけ長ながと膝《ひざ》まで届きそうな具合だ、魅力なしだ。それに背後から光をうけて鏡にうつっているおれの体には筋肉どころか骨と皮だけしかないのだ、風呂場では光の具合がよかったのだ。おれはがっかりした。(……)

おれは鏡に近づいて、しげしげと自分の顔を見た。厭《いや》らしい顔だ、不器量とか色黒とかいうのじゃない、おれの顔はほんとうに厭らしい顔なのだ。まず皮膚が厚すぎる、白くて厚い、豚の顔みたいだ。おれは、骨格のしっかりした顔を浅黒く薄い皮膚がぴっちりと張りつめているような顔、陸上競技の選手みたいな顔がすきなのに、おれの皮膚の下には肉や脂肪がいっぱいつまっている。顔だけが肥《ふと》っている感じだ。そして額がせまい、粗《あら》い髪の毛が、せまい額をなおせばめてぎっしり生えている。頰がふくれている。脣《くちびる》だけ女みたいに小さく赤い。眉《まゆ》は濃く短く、ぼそぼそ生えていて形がはっきりしない、そして眼が怨《うら》めしそうに細く三白眼だし、耳ときたら頭に直角にひらいて肉厚な、ああ福耳なのだ。

（大江健三郎「セヴンティーン」『日本の文学76』所収）

セヴンティーンの「おれ」は、「新東宝」というニックネームの同級生に誘われ、右翼の演説会場でサクラになりますが、その場所こそ新橋駅東口広場だと思うのです。そのころの新橋駅周辺の電信柱には、モデルとなった極右政党のビラが目立っていました。東口広場の銀座通り寄りに、話題となる個展を開催する画廊があったので、週に一度は歩く場所でした。

サクラとして参加しているセヴンティーンは、皇道派のボスの演説を聞いているうちに、

おれ自身が現実世界の他人どもに投げかける悪意と憎悪の言葉を、おれ自身の耳に聴き始めた。それを実際に怒号しているのは逆木原国彦だ、しかしその演説の悪意と憎悪の形容はすべておれ自身の内心の声であった、おれの魂が叫んでいるのだ、（……）

（大江健三郎「セヴンティーン」）

と身震いして、セヴンティーンの「おれ」は、［自分の弱い生をまもるためにあいつらを殺しつくそう］、その［演説の悪意と憎悪の形容はすべておれ自身の内心の声］となってセヴンティーンの「おれ」は変身するのです。

私は、「浅沼稲次郎暗殺事件」のテレビ映像まで思い出してしまいました。

絵を描くために読んだ「セヴンティーン」を、私はどのように読んだかも思い出しました。

〈Oé さん〉に叱られそうな思い出です。

「日本人とは何か」という重要な問題に入り込めず、「セヴンティーン」をドカンとひっくり返せば、宮澤賢治の「よだかの星」だなと思ったのです。実業之日本社からの『宮沢賢治童話集』の挿絵を描くためにたまたま読んでいたのです。このことは、私の無謀さと、無教養から来ています。

> よだかは、じつにみにくい鳥です。
>
> 顔は、ところどころ、みそをつけたようにまだらで、くちばしは、ひらたくて、耳までさけています。
>
> 足は、まるでよぼよぼで、一間（やく一・八メートル。）とも歩けません。

ほかの鳥は、もう、よだかの顔を見ただけでも、いやになってしまうというぐあいでした。
（宮澤賢治「よだかの星」『宮沢賢治童話集』所収）

「よだか」は、「セヴンティーン」の「おれ」とよく似ていました。本物の鷹がやって来て、夜鷹なんてとんでもない、名前を変えろといわれます。「よだか」は、「それはむりです」と断りますが、鷹はこういうのです。「むりじゃない。おれがいい名を教えてやろう」。

「セヴンティーン」の「おれ」と逆になるのはこの後からです。よだかは、悩みながら夜空を飛んで、大きく開けた口に飛び込む羽虫などを飲み込むたびに、虫たちを殺してしまう悩みを持つのです。

「セヴンティーン」の「おれ」は、「皇道派」のボスの思想を飲み込んで、自分らしさを作り上げていき、他者を殺すことで生きる道を求めます。（〈Oe さん〉の小説の筋書きなど辿ってもなんにもならないのでしたが）

よだかは、他者を殺して生きるのを否定して、自らの命を、小さな星となって生きようとします。それは死と再生を意味するのですが。

よだかは、どこまでも、どこまでも、まっすぐに空へのぼっていきました。もう山焼けの火はたばこのすいがらのくらいにしか見えません。よだかはのぼってのぼっていきました。寒さに息は胸《むね》に白くこおりました。空気がうすくなったために、はねをそれはそれはせわしく動かさなければなりませんでした。

それだのに、星の大きさは、さっきとすこしもかわりません。つく息はふいご（かんたんな送風機。）のようです。寒さや霜《しも》がまるで剣《けん》のようによだかをさしました。よだかははねがすっかりしびれてしまいました。そしてなみだぐんだ目をあげてもういっぺん空を見ました。そうです。これがよだかのさいごでした。もうよだかはおちているのか、のぼっているのか、さかさになっているのか、上をむいているのかも、わかりませんでした。ただ心もちはやすらかに、その血のついた大きなくちばしは、よこにまがっていましたが、たしかにすこしわらっておりました。

（宮澤賢治「よだかの星」）

寒さや霜による剣はよだかを刺していて、少し笑っていました。よだかの願いは、誰にも出来そうで出来ない願いでした。私は新橋から池袋に行き、朝まで飲んだように思います。情けないことに、「日本とは何か、日本人とは何か」に辿り着けなかったのです。

一九七〇年上半期の芥川賞受賞者は、古山高麗雄『プレオー8《ユイット》の夜明け』、吉田知子『無明長夜』でした。

下半期は、古井由吉『杳子』。その装幀をしていたので、翌年であれば、私もその会場へ行ったかもしれないのです。

河出書房の編集者・飯田貴司氏は、書店に積上げられた改装版『叫び声』を見て、古井由吉の芥川賞受賞間違いなしの直観から、私に電話してきたのです。「『杳子』と『妻隠』のどちらかが受賞するので、両方のタイトルを入れてデザインしてくれ」といい、『叫び声』はスバラシイ、といいました。古井由吉さんの受賞が決まりました。

創作者通信

新橋第一ホテル新館・喫茶室で、〈Oéさん〉と会ってから、十日後だと思います。〈Oéさん〉からの「創作者通信」の入った封書を受けとったのは。

信じられませんでした。浦島ではないけれど封を切ったとたん、白い煙に包まれて……

創作者通信　1　（大江健三郎）

私は、若い創作者の仕事にふれるたびに、ひそかに次のように問います。創作者よ、あなたにおける日本人の、根本的なイメージは、どのようなものでしょうか？　それは、ただちに、自分にはねかえってくる問いです。すなわち、私はそのようにして、繰りかえし、自分のなかの創作者に、おまえにおける日本人の、根本的なイメージは、どのようなものか、と日々、問うているのです。このようにいえば、事態はいささか深刻めきますが、日本語によって仕事をするところの人間として、日常を、その仕事にむけて方向づけつつ暮らしているのが、私の生活である以上、おまえにおける日本人の、根本的なイメージは、どのようなものか、と考えるのは、いかにも自然な、ありようなのです。そしてその問いかけは、自分が、日本語で小説を書く、という仕事をはじめて以来の、すでにかなり永い時にわたる問いのように感じられます。

私の写真集『影像戯曲　証人』のための序として書かれた、〈Oé さん〉の文章は、重いものでした。私が石原慎太郎氏の挿絵や装幀をたくさんしていたことも、三島由紀夫の戯曲『癩王のテラス』の装幀も、と、思えば、なぜおれに序文を頼んだのか、という疑問はあったと思うのです。石原慎太郎は自民党の参議院議員になっていたのですから。しかしそれだけは、石原氏が当選してすぐ、当選祝い（これで仕事関係の終わりという意味を含めて）を述べ、以後、仕事をくださらぬようお願いした件は、〈Oé さん〉に伝えました。

エッセイ集『厳粛な綱渡り』にある「平均的な日本人」の鈍感さは、私にも向けられていると思いました。

（……）米国の黒人問題にかんするかぎり、日本人は黒人の側に立った。日本人はだれひとり、打ちのめされる黒人より打ちのめす白人にたいして好意をもちはしないだろう。すくなくとも平均的な日本人はそうだろう。

フランスとアラブ人との関係についても、事情は黒人問題ほど明らかでないにしても、やはり日本人はアラブ人を拷問するフランス人に好意をもちはしない。日本人の、かなり保守的な人たちも、アルジェリア戦争において、フランスの軍隊を支持するという意見を発表しはしなかった。しかし、米国では、げんに血まなこになった男たちに石を投げつけられて苦しむ黒人がおり、そういう差別意識をふくれあがらせた男たちに無言の支持をあたえる膨大な数の群衆がいる。

フランスでは、アラブ人に自由をあたえないこと、より低い程度の自由しかあたえないことを、国民に約束する政府が圧倒的に票をあつめている。これは明らかな事実である。そして日本では、この傾向とは逆に黒人問題については文句なしに白人を非難する声が大きく、たいていの若者はアルジェリア独立を、海のこちらの、はるかな東洋からのぞんでいるのだ。

これはどういうことか？　日本人がきわめてヒューマニスチックであり、きわめて正義を愛する国民であるということを意味するのか？

ぼくはそれを、そうでないと思う。日本人が黒人に同情的なのは、どんなに同情しても、そのために懐が痛んだりはしないからである。日本人は、リトルロックの黒人に迷惑をかけられたりしないし、こちらから迷惑をかけることもまずありえない。黒人問題は、せいぜい抽象的な良心のうずきをひきおこすだけの、対岸の火事である。

アルジェリアの動乱についても、日本人はそれを倫理的に判断していればいい。自分の手でアラブ人を拷問しなければならなくなる気づかいはないし、自分の息子がアラブ人の銃で殺されることもない。

日本人は、これらの問題にかんして、どんな責任もおっていないということである。

（大江健三郎「＊《戦後世代のイメージ》」）

「創作者通信」を読みはじめた未発達な私は、絵画にとって日本語という意味での言葉は何だろう、と思い、日本語で絵を描くというわけにはいかないし、と馬鹿なことを考えていました。

私は、「根本的なイメージ」を探すため、私の過去の生活、持続してきた平凡な生活を浮かべました。

（おれはどうも古い頭のまま新しいことを求めて来たようだ）

どこかで根本が抜けてしまったのです。それで、東京で生きるようになって出会った、いろんな画家の顔や絵を思い浮かべ、「日本人の根本的なイメージ」を感じようとしました。とりあえず、私が十九歳になってから見た《メキシコ美術展》（東京国立博物館、一九五五）の衝撃でした。

メキシコ人の、根本的イメージはこのようなものだと強烈に知らされました。そのころの私は、根本的な問題を把握出来ないまま、絵のスタイルに取り込まれただけでした。私の絵はリベラのようになり、タマヨのようになり、まさに「メキシコ人の、根本的イメージ」と知りながら、そのマネをはじめたのでした。

その翌年の、都美館の公募展は、ほとんど和風メキシコ展のようだった記憶があります。それを見なかったら私は和風メキシコ人になったままではなかったかと思うのです。

それなのに、《ファン・ゴッホ展》（東京国立博物館、一九五八）を見た私の絵はゴッホ調になってしまい、四畳半の寝床兼仕事場はゴッホだらけで、全て捨ててやめたのでした。いまでもその失敗の証拠として、ゴッホ調の静物画を一枚、壁にかけています。

それらの失態を浮かべていたら、突如、私の経験したことではないけれど、太平洋戦争中の「戦争画」を、芸術と思い込んで描いた画家たちも、こんなものだったのかなと思ったのでした。と同時に、《新人画会》というグループが残したものは、〈Oe さん〉の「日本人の根本的イメージ」といわれるものではないかと思ったのでした。動じないというか、屈しないというか、その生き方に「日本人の根本的イメージ」が漂っている、また彼らの絵画にそれが表されていると。

私は、田舎から東京へ出て来て、赤羽で出会った画家、大野五郎さんから、絵画というより、人生の勉強をさせてもらいました。大野さんと親しい画家・寺田政明さんからも、「人間として生きるとは」を学ばせてもらいました。

敗戦前の二年間に、「描きたいものを描く」というだけの、《新人画会》展が開かれました。私が絵を出品した《自由美術》に、大野、寺田の両氏、それに、麻生三郎、糸園和三郎、井上長三郎、鶴岡政男がいて、その生き方、その作品に触れられたのでした。戦地で亡くなった靉光《あいみつ》、早世した、松本竣介（『雑記帖』というエッセイ雑誌を自費出版していた）がメンバーでした。

田舎から赤羽に移り住んだという偶然から、大野五郎さんとの出会いで広がり、「絵画の方法」より「人間」を学んだのです。

《新人画会》の画家たちの、人間像を表すため、松本竣介の、美術雑誌への投稿について触れたいと思います。そこに、《新人画会》の画家たちの残してくれた「日本人の、根本的なイメージ」を感じるからです。また、軍事国家、権力が日本の全ての画家に求めた「おまえにおける日本人の、根本的なイメージ」も見えて来るのです。

一九四一（昭和十六）年、美術雑誌『みづゑ』一月号の座談会《国防国家と美術――画家は何をなすべきか――》の出席者は、陸軍情報部・秋山邦雄少佐、鈴木庫三少佐、黒田千吉郎中尉、美術評論家・荒城季夫でした。荒城が出席するよう要請した当時の代表的な画家たちは、すべて欠席しています。松本竣介の投稿文『生きてゐる畫家』に、「この座談会記事を読んだ一友人は子供のような驚きと怖れを顔に現してゐた」と書かれています。

軍人たちの発言は脅したり宥めたりして長々と続くので、松本竣介が反論する箇所のみを書き出します。

〈…………………………〉長い点線は、座談会の発言の繋がりのないことを示します。

秋山邦雄少佐　大体絵かきというものには僕は政治なんということは無関心の人が多いと思うのです。従って真の新体制というものはどういうものか、雲か霧を見るように考えている人が大部分だろうと思うのです。その点から見ると今言った自粛というような問題とか、あるいは積極的に何に働きかけるというような問題、そういう点まで本当に考えている美術家は少ないのじゃないか。どうもわれわれの接触する狭い範囲でもそういうような気がする。しかし今の世の中に僕は贅沢は敵だと言われているこの時代に、美術というものはこれは贅沢だと思う。それはもう贅沢です。日本が片方には非常な労働力不足、片方には失業して転職したくてもなかなか転職出来ないような切迫した情勢において、日本の国民が今どういう仕事をするかを自分で判断する場合に、好きだからこの仕事をしようとか、自分の好みに合うからこういうことをやろうというような贅沢な発言は出来ない訳です。その世の中で美術家というものは自分の好きな商売に従事している。商売といっては悪いかもしれないが、嫌いで美術家になっている人はおそらくあるまいと思う。こんな贅沢な、こんな有難い生活というものはどんな貧乏している絵かきとしても今の世の中にはないと思う。その点からいえば美術家というものは自分の職業というものは贅沢なものであるということをはっきり認識しなければならぬ。なぜ贅沢であるか、これは日本国中の壮丁というものは、少々眼が明後日の方をむいておっても、足が少々短くても、たいていの片輪ならみな兵営の門を潜るという世の中において、日本が死ぬか生きるかという瀬戸際に、悠々として筆を持つということはそれ事態が贅沢であると思う。ドイツあたりは五百万以上の動員をして、そうしてカフェーの女給までが無理矢理に徴収されて、軍需工場で働かねばならぬという時代に、日本ではまだまだ若い男がたくさん銀座も歩いている時代です。そうまでは切迫しておりませんけれども、明日にでも日米戦争が始まったら、これは日本は生きるか死ぬかの瀬戸際に追いつめられてしまう。これは偽りのない話である。本当に決死の覚悟をもたなければならぬ。この情勢を見ただけでも絵かきというものが自分の立場をはっきり認識しなければならぬと思う。しかし国家という立場から見れば私はその贅沢があってもよいと思う。私は素人だから、美術というものについて大きな口はきけぬが、美術というものがどんなに文化の上で高い位置を占めるものだか——大体日本の文化という中で美術が一番高い位置を占めていると思う。その美術という立場において、日本の現在の文化を将来永遠に伝えるという目から見るならば、これは贅沢どころではない、非常に大事な仕事であると思う。例えば日本がどんなに死ぬか生きるかの戦をしている時でも、美術だけは最後まで盛り立てて起して行かなければならぬとわれわれは考える。その意味から言えばたとえ軍需工場の職工が足らぬでも、本当の意味の美術家ならば爆弾が降る中でもやはり絵筆を持って本当の芸術というものを後々まで遺してもらわなければならぬ、こういうように考える。しかし今の美術家の態度というものは果たして軍需工場の職工よりも高い意味において買われるかどうかということをもう一遍自分自身で美術家が反省する必要はないだろうかと思う。まあ一般的な非常に抽象論になるのですが、そういうように思うのです。

……………………

鈴木庫三少佐　芸術家だけが価値ありとしてもそれは駄目だ。一般の国民も国家もこれを認めず唯一人で喜んでおってはいかぬ。松沢病院の狂人が描くような円とか三角を描いて、誰が見ても分からぬのに芸術家だけが価値ありとしても、実に馬鹿らしい遊びごとである。この国家興廃の時にああいう贅沢なことをして呑気にかまえておっては困る。やはり時局に相応しい思想感情を表現して国家機能を担当しなければならぬ。われわれは素人で芸術にクチバシをいれる資格がないというが、今日国家のために大根が必要だ、菜葉が必要だということはいえる。

秋山邦雄少佐　素人だから口を挟む権利があるのです。

……………………

黒田千吉郎中尉　だいたい絵かきは現在日本が何しておるかということを知らないのが多いと思う。まして外国から帰って来た画家らは、日本はどういうふうに動いておるのかということをほとんど知らないのじゃないかと思う。鈴木さんのいわれた通り、フランスの属国になるような形……

……………………

秋山邦雄少佐　例えば日本俳優協会というものが出来て、千両役者から浅草の場末の連中まで一体になって協会をつくり、何か有機的な働きをしておるかというと何もやっておらぬ。しかしこれは俳優だけではない、みな然りである。形だけを造ればそれで流行に遅れぬ、それで事足れりとするような表面的な浅薄な考えというものが日本人の一番欠点である。もう一つ突っ込んでいえば、現在のナチスドイツでも決して日本のような大同団結、統一というようなことは決してやっておらない。企業合同までやっておりはしない。ただ一番問題にしているのはナチス精神、全体主義精神の透徹ということ、個人個人にどれだけ染み渡っているかということを問題にしているのであって、形式を問わない。僕は形式主義ということは日本人の最も大きな弱点だと思う。

鈴木庫三少佐　国体というものを考えると民はみな陛下の赤子である。今まで間違ったから改めます。刑務所に打ちこまれているのはやむをえないが、改めた以上はお前は赤だったからといって鞭打つわけにいかない。昔自由主義だったからといってドイツがユダヤ人を追い出したようなわけにはいかぬ。

私は新聞雑誌方面で、紙は商品にあらずということを説いた一人である。単なる商品にあらず、思想戦の弾薬なり、商品であると同時に思想戦の弾薬なり、同じことが映画に出て来た。フィルムは単なる商品にあらず、今度はもう一歩行くと絵具は単なる商品にあらずということをいいたいと思う。いうことをきかないものには配給を禁止してしまう。また展覧会を許可しなければよい。そうすれば飯の食いあげだから何でもかでも従いてくる。

ようするに今日の思想戦体制で出版文化協会が出来るし、新聞や雑誌の出版がだんだん軌道に乗っておる。放送もだんだん軌道に乗っておる。映画、演劇がどんどん軌道に乗って来て、今までのような金儲け主義の都会中心の映画、演劇から、農村の汗水流しておる者を楽しませようとして手を農村にまで伸ばし、警視庁が映画、演劇の入場料を下げさせて大衆的にしようという時に、絵画、彫刻だけはとり残されているということは絶対に出来ない。そこも考えてもらわなくてはならぬことがある。思想戦の体制で一番遅れているのは絵画、彫刻です。これは放っておけないと思う。どうしても言うことをきかなければ力づくになる。そこをよく認識してもらわなければならぬ。

黒田千吉郎中尉　今映画のフィルムの統制を断行したのですが各会社は実に憐れです。

（座談会《国防国家と美術―画家は何をなすべきか―》『みづゑ』一九四一年一月号所収）

（現代表記に改める）

美術が、「憐れ」にならなかったのは、戦争賛美のための英雄銅像（彫刻）があったろうし、肖像画がありました。ノモンハンにおける写真を拡大させたような戦争画（絵画）などが情報部幹部の頭にあったと思われます。

演劇人の苦悩に関して、最晩年の宇野重吉の語り残した映像が、新藤兼人監督『さくら隊散る』に挿入されています。

ぼくらの劇団は、左翼だということで、特高から目をつけられ、ぐうの音も出ないように、とりまかれて、さて、どう、生き延びるかということで、みんな苦心したんですけどね。では、われわれも国に対して、忠誠を守る、てなことをかっこつけながら、で、満州開拓地へ、芝居を持って慰問に行くと、いうことを考えたわけですね。たしか8月?……、中野警察と警視庁が五人やってきやがって、……そのころになると移動演劇をあっちこっちでやってましたからね、農村漁村文化協会としても、ちょっと専属劇団を持ってと思ったのもむりない、でまあ、うまい具合にぼくらのところへ目をつけてくるという、で、劇団を創立するにはそういうとこですからね、情報局、翼賛会、警視庁、その他等とうるさいとこの訓示を受けるやら、難しい文句を書いた紙に、誓いの言葉を書いて、判子を押させられるやら、屈辱このうえもない目にあいながらそれでもなお、みんなが刑務所から戻って来るまで、なんとか……ほとんどトラックですけどね、汽車もありましたが。あのぉ、観に来てくれる人たちが、農村漁村ですからね、芝居が楽しみでね、待ちこがれていたっていうふうに、観に来てくださって、夜、六時ごろからっていうのに、お昼前から、ゴザ持って来ていたりね。芝居の受け止め方、もう生き生きとぼくらの方を見てねぇ、手を叩いたり笑ったり、叫び声をあげたりしてくれるのがなんともいえない、ぼくらにとっての喜びでね。ぼくらの瑞穂劇団が、非常にうまく運営されているので、情報局が芝居関係の一番うるせえところでしたねぇ。そこから、情報局専属の劇団にならないかって話がありましてね、むこうにすれば大変名誉なことで、ハイハイと喜んで引き受けると思ったのでしょうけれども、まあ今でこそすれすれのところで、自分をかばいながら、そういう芝居をやり続けていたのが、そうなってしまったらアウトだから、ぼくは代表で呼ばれて行って、頑として受け入れなかった。移動劇団をはじめるにあたって、皇国の信任として、こうこうこうだという、誓書を書かされ、それに捺印した、あの、気色の悪さ、屈辱、なら、やらなけりゃいい、まあ、あえてやったのは芝居を続けようと思うからで、で、そっちの方は断れた、しかし赤紙の方は断れない。そういう二つの違いはあろうけれども、ぼくにとっては二つ同時に体験したわけで、どっちがどっちとも、いえませんねぇ。赤紙の方は拒絶出来ないから行ったに違いないけれども、うーん、こっちの方は拒絶出来たにもかかわらず、やった、という、こと。それをどう結びつけるのか自分でも、よぉわかりませんがねぇ。

（新藤兼人 監督、映画『さくら隊散る』）

芝居は、映画と異なり、役者、舞台に出て来ない裏方をふくめ、観劇者とも一体となる、人間臭い芸術です。それゆえに「情報局専属の劇団にならないか」という誘いがあったのでしょう。

情報局の狙いは、「瑞穂劇団」を根っこから引っこ抜く意味も感じられます。

松本竣介は、情報部軍人の発言に対して、雑誌『みづゑ』に「生きてゐる畫家」を投稿しました。掲載されたのは、「国防国家と美術」が画家たちを驚かせた三ヵ月後、一九四一(昭和十六)年四月号。

「今、沈黙することは賢い、けれどただ沈黙することがすべてにおいて正しい、のではないと信じる。(……)私達は盲であり、聾であり、唖であることが現実には要求されている妥当さをも心得ている。このような私達が政治的イデオローグたり得ないことは当然であろう。」(現代表記に改める、以下同じ)と。また、「力の前にただ沈黙する態度や、無反省、無気力な追従はもとより求めていられるのではないと思うし、またそうであっては、更に無用な不消化物を国内に作るだけである。」

鈴木庫三少佐の「松沢病院の狂人が描くような丸とか三角を描いて、誰が見ても分からぬのに芸術家だけが価値ありとしても、実に馬鹿らしい(……)云々……」に対して、松本竣介は、「狂人みたいな、と言うけれども狂人は悲痛である。人間の底を突いた痛ましい犠牲者である場合が多い。常識を失っているが、生きている故に時には自然のように常人を驚かすことをやる。」

と書きました。

続けて俊介は、丸とか三角の絵は作っていないけれど、「聴覚を失っている私には資格はないのだが、音楽を引例する意外に説明の途方がなくなる。音の韻律によってあらゆる感情を振起することができるのだから、色や線や形態のニュアンスによって人間的感情の動きを造形化することは可能である」と踏み込んで行きます。

「鈴木少佐はこの座談会の結びに「極端に言えば国策のために筆を執ってくれ……それが同時に世界的な価値を表現するようなもの……」と言われているが、それは出来ると思う。例を挙げれば、古代ギリシャの彫刻、ルネッサンスの壁画若干、日本でいえば法隆寺の壁画等がそうである」と、現在であればカラカイであると取れることも書いています。

そして最後に、「〈この一文は私一個の責任で、私の所属する団体には何の係りもないことを後記する。十六年一月記〉」と記しました。

陸軍情報部は松本竣介の発言を無視しました。けれど座談会《国防国家と美術――画家は何をなすべきか――》は、「戦争画」への道を切り開いたのです。

一九四一年一月、私はまだ満四歳半ばでした。そのころの一枚の写真には、健康優良児としてもらった、私の手にするオモチャの電車の屋根の上の、高さ十センチほどの黒い焼きもの「二宮金次郎」が乗っています。シングルマザーの母は喜んでいましたが、健康優良児は「爆弾三勇士」のように、立派に死ねる兵隊の資格を得たわけです。

「創作者通信」の終わりごろから、私の写真集の「序文」を「書きましょう」と〈Oéさん〉のいった理由が書かれています。信じがたく絶賛です。自慢のようになるのでここに書き写しません。

私は、床から十センチほど浮いていました。と同時に「縮む男」となったのです。

追悼文×4

追悼1　1970『叫び声』（『群像』二〇二三年五月号）

大江健三郎の改装版『叫び声』（講談社）を装幀したのは、一九七〇年であり、本が書店に並んだのは六月ごろだろう。

私は、その六年前、『孤独な噴水』（吉村昭、講談社、一九六四年）で生まれて初めての装幀をしていた。講談社出版部の佐久昌氏から、「吉村昭さんの初めての書き下ろしだが、あなたの絵が欲しい」ということだった。そのころは著名な作家でも、編集者が本の形を決めていた。吉村昭著『私の文学漂流』に、佐久さんの人柄が書かれている。「氏は、私を無名の新人として扱うような気配はなく、礼儀をつくした態度で接してくれている。」

私に対してもまったく同じであった。

著名な抽象画家・村井正誠の装幀した『叫び声』を読むうちに、私は自分の中で眠っていた

「空襲による焼跡」での不良っぽい生活が蘇った。私はそうしたものをなるべくセーブして一枚の銅版画を作った。タイトルも、書店では見かけない大きさにして、黒一色の本とした。印刷技術が発達したので、カラフルな本が並ぶ書店でかえって目立ったようだ。

私は自らの絵に自信を失い、一年間絵を描かず、カメラを持って日本国中を車で走り、意味も無くシャッターを切っていた。一冊の写真集を出して、写真はやめようと思った。そして無謀にも、三〇〇部限定の本なのに、序文を書いてもらうのは大江健三郎さんしかいないと決めた。

手紙を読んだ大江さんから、会いましょう、という便りが来た。たぶん『叫び声』の装幀が気になったのだろう。新橋・第一ホテル新館の喫茶室で、「序文を書くというようなことはしないので断るために会いたかった」と、大江さんから軽い吃音でいわれた。私は大江さんに感謝した。断るために会ってくれるなんて。

喫茶室には私たち二人しかいなかった。私が礼をいって帰ろうとすると、大江さんは、「お茶でも飲みませんか」といい、「写真を持っているなら見せてください」といった。私は茶封筒の中の、名刺程度の密着焼きと、四つ切りの写真を、「こんなんじゃ恥ずかしいな」と思いながらテーブルに広げた。

木食《もくじき》の傑作があるとはとても思えない柏崎・十王堂での、木食の彫像を主人公にした、人間劇としての、「影」が主な写真であった。あまり写真的ではないのが意外であったらしく、大江さんは撮影場所はどこかといった。

「十王堂の木食さんは、近在の人たちが、所蔵していると罰があたるというので集まったものらしく、彫像にはホコリがたまっていて、お堂は町の集会所として使われていました」というようなことを私はいったと思う。

大江さんは「書きましょう」といった。

第一ホテル本館での、一九七〇年上半期芥川賞受賞パーティーに大江さんは向かった。下半期の受賞が、古井由吉さんであったのは印象的で、『叫び声』を見た編集者が、『杳子・妻隠』の装幀を依頼してくるのである。それは武田泰淳の『富士』にもつながった。

序文の書かれた時が「夏」とある、原稿用紙十枚の入った封筒を大江さんからいただいた。内容は、『鯨の死滅する日』の「この本全体のための最初のノート」にある、「おまえはいったい、なにをしようとしているのだ、なにをするためにここにあらわれ、なにをしてここから去ってゆくのか」ということ、「日本とはなにか、日本人とはなにか、と考えつづけ、観察しつづけ、想像しつづけようとする者にとって」という大江さんが立ち向かっている問題を私にぶつけていた。

大江さんから、インドでのアジア・アフリカ作家会議に出席しての帰国の機内で、毎日新聞夕刊の、あなたの本の紹介を読んだと、電話があった。

成城の応接室に、『群像』編集者・徳島高義氏がいた。二冊の写真集『影像戯曲　証人』を大江さんに渡すと、大江さんは、一冊にサインをして徳島さんにさしあげた。

徳島さんは、大江宅を出ると、下北沢の喫茶店「邪宗門」で、森茉莉氏の「三島由紀夫の死と私」という原稿を受けとっている。

『群像』一九七一年二月特大号は、二つの座談会《三島芸術のなかの日本と西洋》《文学者の生きかたと死にかた》が組まれている。

そして、徳島さんがぎりぎりの締め切りで大江さんからもらったエッセイ「シンガポールの水泳」が載っている。

印度のベナレスで、すなわち二十世紀の今日の日常性に根ざした感覚において、なお聖なる川であることが、地道に納得されるガンジス川に、民衆の沐浴する街で、BBC放送によって、僕は日本人の一作家の割腹自殺を知ったところだった。

（大江健三郎「シンガポールの水泳」『群像』一九七一年二月特大号所収）

私は、大江さんが空港で買ったらしいコニャックを、ストレートでぐいと呑む大江さんに刺激されて、天井が回るほど呑んだ。午前二時ごろ家に着いてからも、ヘリコプターから降りたような浮遊感があった。

私は、編集者からの依頼で三島由紀夫の戯曲『癩王のテラス』（中央公論社、一九六九年）を装幀していた。その芝居も観ていた。幕がおりてからエレベーターに乗ると、大勢の人に囲まれた三島由紀夫が入って来た。そんなことがあったのを大江さんに話したかもしれない。

追悼2　1970《シンガポールの水泳》（『ユリイカ』二〇二三年七月臨時増刊号）

一九七一年二月号『群像』に掲載された、大江健三郎の《シンガポールの水泳》という原稿用紙にして五枚程度のエッセイに私がこだわるのは、〈Oé〉さんが一九七〇年十二月十日、アジアを回り帰国して二日めに、初めてお宅へうかがったこと。そこに、『群像』編集者・T氏がいて、エッセイ欄へ寄稿をお願いしたこと。

後日、T氏から聞いたのだが、彼は大江宅を出て、下北沢の喫茶店「邪宗門」で、森茉莉氏と会い、《特集・三島由紀夫　死と芸術》への追悼文「三島由紀夫の死と私」を受けとった。その中の「血の儀式」は、映画のスチール写真ではなく、新聞の一ページに印刷された三島由紀夫の首のある現場写真であったろう。

「憂国」の映画のスチイルを見て、彼が、血と、儀式との、美とエロティシズムに憧れてゐることを知つたことも忘れてゐたし、彼が七〇年には死ぬ、と言つてゐる、といふことをきいてゐて、心配してゐたが、もう七〇年が殆ど終りに近づいてゐるのだと思つて、それも忘れてゐたからだ。

（……）「憂国」といふ小説から、真紅《あか》い血と儀式との美と、エロティシズムを感じ取つたのである――

それで、彼の死のニュウスをきいた時、失望を感じた次の瞬間に、彼がその、血の儀式との美とエロティシズムへの憧れで死んだのだといふことがわかつたのだ。

（森茉莉「三島由紀夫の死と私」『群像』一九七一年二月特大号所収）

私は、〈Oé さん〉に呼ばれなかったら成城まで行っていない。

「だからっておまえがこだわる必要ないだろう」という我が耳の声も気にしながら、いやいや個人的問題じゃない、七〇年という時代の終わり、七〇年全体が問題の多い年だったのだと思い返し、美術界だって、三島由紀夫の自殺について、文学者ほどではないまでも、何らかの影響があったはずだと思ったが、画家の集まる場での、死ぬ意味生きる意味を話した記憶がないと沈みこんで、根本的な違いがあるのかもしれない、しかしゴッホの手紙や絵にはそれが感じられるし、事実ピストルを自らに向けて撃ち、亡くなっているが、ゴッホの手紙の大半は、人間の生きる道が書かれ、貧しい女を救おうとして、結婚まで決意したことから、親しい人たちからの攻撃で苦悩したり、生活力ゼロであることはゴッホの武器のようなもので、貧困のゴーガンにも同情してアルルへ呼び寄せ、耳切り事件を起こしたが、ギリギリのところまで生き、カラスの飛び交う麦畑を描いて、だれにも迷惑かけずに死んで行った。とにかく純粋に生きた。それがあの絵だ。このようなことを考えれば考えるほど私は沈みこんでいった。

沈黙の続いた大江健三郎さんの死の報せを聞いてからはじまった混乱といえる。一九七〇年に戻されてしまった。それなのに七〇年という場所から、現在に至る場所場所へ、つきかえされる。死の国に距離はない。しかし生の国にも距離のない道があるのかもしれない。

《シンガポールの水泳》1

この冬のさなかに、僕はシンガポールでひとり泳いだ。その一週間まえ、印度のベナレスで、すなわち二十世紀の今日の日常性に根ざした感覚において、なお聖なる川であることが、地道に納得されるガンジス川に、民衆の沐浴する街で、ＢＢＣ放送によって、僕は日本人の一作家の割腹自殺を知ったところだった。

（大江健三郎「シンガポールの水泳」）

なぜシンガポールで泳がなければならなかったのだろう。〈Oé さん〉にとってインドをふくめるアジアは空白の多い地図だった。この冬のさなかと断る「冬」の意味は何だろう？　BBC放送の三島由紀夫の割腹自殺を知ってからの一週間は何処にいたのだろう。

〈Oé さん〉は、アジア・アフリカ作家会議（一九七〇年インド・ニューデリーで開かれ、日本から堀田善衛を団長、竹内泰宏を副団長として、島尾敏雄・大江健三郎らが参加）に出席するため、インド・ニューデリーへ行った。「インド経験するとしないとでは人間が、水と油のようにちがう」というインド経験者の声を〈Oé さん〉は聞いていたらしく、「インドを経験してどのように、自分が変わりはじめたか？　声を低くして」語りたいとしている。

アジア・アフリカ作家会議が終わった後、〈Oé さん〉は何週間か、インド各地を巡り、ベナレスのホテルに投宿している。

私がインドへ行ったのはそれよりずいぶん後で、イギリスの植民地時代のベナレスという都市名からヴァーラーナシーに変わっていたけれど、サタジット・レイの三部作映画《『大地のうた』、『大河のうた』、『大樹のうた』》の映像で見たインド、ヴァーラーナシーの風景はそのままだった。映画での物語も、日常的に感じられた。駅でチケットを買おうとすると、二、三十人近い幼子が手をさしだし私を取り囲んだ。私の焼跡生活を思い出さずにいられなかった。パンツ一枚で栄養不良の子らは痩せ細り、焼跡にやって来た進駐軍の兵隊に「ギブミーチョコレート」と手を伸ばし、ばらまかれるキャンディに群がった。

隣町までタクシーに乗ると、運転手は暗くなるまで迷い、「トラック二台に挟まれたら、命がないので、回り道をしている」といったが、料金が高くなるだけのことだった。当時、網野善彦さんから、日本古代から中世の庶民生活をくわしく聞いていたおかげで、都市から離れると絵巻《一遍上人絵伝》に迷い込んだ思いに複雑な興奮を覚えた。

インドでの経験はぼくに、われわれがいかに、架空の「日本」「日本人」のみを見て生きており、赤裸の「人間」としての自分を、自由に見つめることをおこなわないか、また他人の目が、自由に、そのように赤裸な「人間」としての自分を見ることを拒んでいるか、について思い知らせるものであった。

天皇制は、そのような意味あいにつなげていえば、赤裸の人間としての自分を、日本人が見つめるために役立つ制度ではないであろう。それは、架空の「日本」「日本人」のみを見るためにもっとも有効な発明であったというべきであろう。

（大江健三郎「沖縄・インド・アジアの旅」『鯨が死滅する日』所収）

『沖縄ノート』のはしばしに語られる「日本人とはなにか、このような日本人ではないところの日本人へと自分をかえることはできないか」という命題も重なっているように思う。
〈Oé さん〉は、『世界』（岩波書店）の連載、「沖縄ノート」を書き終えたばかりであったし、アジア、インドへの旅の出発点として那覇空港に降り、翌日の投票日、国政参加の立候補者の演説を聞き、「国際政治の危険きわまりない転機から」これから始まろうとする公害問題の核心にふれ、そして、「アジア・インドの旅」も、沖縄からはじまり、沖縄に帰ると心していた。

野間　（……）作為という点から言えば、近代天皇制、これも作為であって、明治維新のときにはまだ十分考えられていなくて、十年の終わりから二十年にかけて作為的につくられてきたわけです。そういう作為的につくられてきているものほど、実際にあるものよりも力を発揮し得るわけです。そういうものに対する接近のしかた、つまり作為されたものの実際はどうだったかということが戦争としてあらわれていて、それを突きつけられれば、その作為がまん中でむちゃくちゃにこわれたに違いない、こういうふうにぼくは考えるんです。」

（座談会「文学者の生きかたと死にかた」野間宏、高橋和巳、秋山駿、『群像』一九七一年二月特大号）

《シンガポールの水泳》2

（……）僕は、たまたまアメリカの作家が僕に、ヘミングウェイの自殺は、生き残ったアメリカ人に対する一種の侮辱だ、と語ったことを、いくたびか思いかえしていた。もっともヘミングウェイは、作家の孤独のうちにひそかに閉じこもって死んだのであったし、かれはまた、民主主義を侮辱したのでもなかった。僕は、エイ、エイ、と声を発しながら、激しい勢いでひとり泳いだ。

（大江健三郎「シンガポールの水泳」）

「エイ、エイ、と声を発しながら激しい勢いでひとり泳いだ」は、『鯨の死滅する日　全エッセイ集第三』が関連している。

〈Oéさん〉は、アメリカから来た鯨学者マクベイから、鯨の悲劇的状況を聞き、マクベイのイヤホーンで、鯨の叫び声を聴いて圧倒される。

私も〈Oéさん〉の家でLPレコードからの何種類かの鯨の声、やはり叫び声としかいいようのない生々しい海水と共鳴する鯨のやりとりを聴いていた。その一枚のレコードは今でもときたま聴いて、悲しい響きに、生きるということのすべてを表していると感じてしまう。鯨たちはこの地球の歴史のどのあたりで「叫び声」を得たものだろう。

〈Oe さん〉はマクベイからの鯨の死滅の話に想像力を働かせ、ホモ・サピエンスの終末観を重ね、「凶《まが》まがしい夢」を見ている。

それはいかにも荒涼たる夕暮で、ぼくは自分の生まれ育った森の奥の、谷間をみおろす高台に、数人の大人たちとともに西方をむいて立っているのだった。つねづね見る夢とことなって、ぼくはもう子供でなく、それらの大人たちのひとりであったが、もっとも事情につうじていぬ人間として、そこに加わっている点では、日ごろの悪夢とおなじことなのであった。西方の空が赤黒くそまり、光の気配はなく、われわれみなが暗闇のうちに沈みこんで、さかんに吹く風にさらされている時、沈黙した待機の気分をやぶって、ひとりの年老いた男が、

——あ、とうとう最後の鯨が死んだ！　といった。

われわれは先をあらそって草履に砂利を踏みくずすようにしながら、谷間へくだっていったが、暗い谷間の敷石道に立っている子供に、とうとう最後の鯨が、……と話しかけようとすると、子供は、

——鯨というのは、いったいどんなものだったの？　といかにも無邪気な声で問いかえすのだ。

ぼくは鯨について説明しようとしたが、すでにぼく自身、鯨についてなにひとつ記憶して

いないので、くちごもってしまう。そしてぼくは、さきほどの老人こそが過去のぼくであり
その子供が、ほかならぬ未来のぼく自身であることに、底知れず滅入ってくる思いで気づいたが、ぼくを見あげて黙っている子供の顔は、夜目にもはっきりと、グシャ、グシャに崩れているのである……

（大江健三郎「この本全体のための最初のノート」『鯨の死滅する日』所収）

〈Oeさん〉のエッセイで、省略しない夢を読んだのは初めてだった。これから書く小説のための設計図を見せてもらったかのように私はこの夢を読んだ。実際、「さきほどの老人こそが過去のぼくでありその子供が、ほかならぬ未来のぼく自身」である小説、それはやや形をかえて存在する。『ピンチランナー調書』がそうだろう。

〈Oeさん〉が泳ぐ時の「エイ、エイ」という声は、「世界の黙示録」のようである「強く多様な叫び声と、海洋の底の波音が世界の終りを逃げまどう者らの声のよう」にイメージされ、「ウエッ、ウエッ、ウエッ！　ウエエエイ、ウエエエイ！　と躰をのけぞり喉をふりしぼるようにして」と文字化している。

『鯨の死滅する日』の、沖縄にはじまって沖縄に戻ってくるエッセイの半ばまでは、那覇で書いていた。

人類はすでに始まったところの破滅への黙示録の世界を生き延びて、わずかに生命の樹にいたる権利をとりえるのかもしれないという、小さいけれども切実な希望のきざしをかぎつけてのことであった。ぼくは執拗に地道に抗議しつづける漁民たちを鼓舞する鯨になって、ウエッ、ウエッ、ウエエエイ！　と歌っていたのだ。（那覇にて）

（大江健三郎「死滅する鯨とともに――わが'70年」『鯨の死滅する日』所収）

ここまではヴァーナーラシーでのBBCニュースを聞いていなかった。これから、「ここに人間《エクセ・ホモ》がいる」というガンジス河の情景が語られ、微妙な小説的表現で、「もし、ガンジス川に水浴しつつ祈る婦人が、眼をひらいて、たまたま、まぢかをゆっくり流れている船上の日本人たるぼくに、／――あれは本当はどういうことでしょう？　と訊ねたとして、ぼくは次のように答えたことであったろう。」と話しかけるように書く。

――作家とは、この人間の世界が滅亡しかかっていると感じているか、そうでないまでも、諸行無常と観じていながら、しかも、救いを見出していないところの人間なのです。その作家が、自己破壊の衝動にかられるとして、それはかれ自身にとってしばしば、抑制しがたいでしょう。しかし、すべてのそのように追いつめられた作家が、自己破壊にあたってのみじめな響きを、おおいかくすべく、勇ましく猛った叫び声を発するとはかぎりません。

事実、ぼくは、切腹にもちいられた日本刀のイメージに、直接、喚起されてのことではあるが、七〇年のはじめにすくなくとも日本的テレヴィ文明圏を揺さぶった、いわゆる赤軍派ハイ・ジャック事件のことを思い出していたのであった。あの学生たちが、強大な強制力を持ちえたのは、ただ、かれらを内側からふくらませている、自己破壊の衝動が、「本もの」に見てとられたからではなかったか？　かれらの、ことの本質にもとづいて自己中心的な自己破壊の情念に立ち、なんとかそれを、外部にむけて形をとったものに方向づけようとする叫び声の、いかに空しくも轟ごうと響いたことだったか……

——ぼく個人についていえば、自己破壊の衝動をとがめる資格は、確実にはないように思いますし、七〇年代の日本人がその総ぐるみで、自己破壊の道をつき進んで行っているようなものなのだとすれば、日本人には誰にもそれをとがめる方策がありえないのかもしれません。しかしぼくは、滅びようとしている鯨の、言葉としては奇妙なことながら、あの人間的な歌のほうを、いかなるかたちの未来社会に志をたくした自己中心的な粗暴な叫喚よりも（それがたとえKAKUMEI BANZAI!　であったとしても、またTENNO HEIKA BANZAI!　であったとしても）尊敬します。

ぼくはそのように、汗をかいた胸のむうちでひとりごちてみたのではあったが、（……）

（大江健三郎「死滅する鯨とともに――わが'70年」）

〈Oe さん〉のインド旅行で得た「より巨大な、黙示録の世界、終末観的な世界のまえで自由なのだった」ことは、三島由紀夫のあの「劇的」な死が引き金になっている。

僕が帰国した時、三島由紀夫割腹事件は、僕のベナレスでの悪夢を裏がきする以上に、日本全土に、あるナショナルなものへの昂奮をまきおこしていた。

（大江健三郎「敗戦経験と状況七一」）

高橋　（……）特に三島さんのように、悪意によって計算し尽くされた自己の生の完結のしかたをされますと、正直に言って、私たちのほうにもたつきが起こるわけです。私たちといいますか、特に私の場合は農民の出ですから、士農工商の士の道徳だけが日本の道徳ではないというふうに頭で思っているのに、どうも切腹という形態について肉体的に反応するわけです。やりきれぬわけです。（笑）ヨーロッパの人だったら、一種の珍しいゴリラが何かやったんだろうという感じで終わるでしょうが、私の場合にはどうもそれで済まない。克服したつもりでも、内部に残っていたものが、ずるずると腸が引き出されるような感じで引き出されるわけです。

高橋和巳は、学園闘争の中で、「ほんの五、六人」の教授が自殺していることに触れ、「おなかに庖丁を突き刺してなくなった方」や「山に入っていって睡眠剤を飲んで、腐爛死体になって発見された方」、「半狂乱になって死んだ方」、「当局と学生の板ばさみになって、最も誠実に悩んだ方たち」であるが、新聞の社会面に二段組みぐらい記事になるだけで忘れられていくと語る。そこには、「三島自決事件」のような舞台装置はないけれど、学園闘争という事件にかかわる自死であって、高橋和巳は作家としてそうした人たちの死の記録者として、哀悼の、鎮魂のための文章を書きたいと語りはじめる。

高橋和巳の、三島の死は、現実というより文学作品の中にあると、ドストエフスキーの『悪霊』の中のキリーロフと、ポーの「ウイリアム・ウイルソン」という「文学作品」上の人物こそ、三島が演出した死の意味であろうとする（このことについては、秋山駿が、文学的人物として、ドストエフスキーのドミトリー・カラマーゾフを加えている）。わたしは、二十代に読んだ「ウイリアム・ウイルソン」をおぼろげながら思い出した。もう一人の自分に否定され続けて、挙げ句の果て、もう一人の自分を殺すことで自らが死ぬ物語。それは自らが描いた自画像を破り捨てる物語であり、ウイリアム・ウイルソンは殺し、殺されることで完成するのだった。

鼎談のおわりごろに高橋和巳は、「その行動も、演劇に似た規律のある世界が慎重に選ばれていて、つまり実戦ではなく、訓練に限られている軍隊における身体行為であって、やはり表現のほうが勝っている。やはり、既に出来あがっている脚本に従って俳優が舞台で思想を肉体的に表現するのに似ている」と語っている。

高橋　（……）自分自身が長い間、死の観念に取りつかれていた時期がありますし、また作品の中ではどの作品でも登場人物たちをまっこう無惨に殺してしまっている。（笑）それは社会通念としてこういう感性、こういう思考があるべきだという論理とは全く背反するものを自分が秘めもっている証拠でして、だから非常によわりますし、まったく矛盾しているわけです。

（「文学者の生きかたと死にかた」）

高橋和巳は、『群像』二月特大号の発行された一九七一年二月一日より三ヵ月後に他界する。私には、この鼎談の高橋和巳の発言が一字一句響いてきた。

一九七〇年代の終わり間近、このような事件が起きるとは誰も思わなかった。三島由紀夫の遺書ともいえる『豊饒の海』や、戯曲『癩王のテラス』も三島由紀夫の中では準備されていた。私は、それに加わったわけではないけれど、『癩王のテラス』の装幀をしていたし、中央公論社の担当編集者に誘われ、帝劇での初演も観ていた。芝居が終わってから、何台も待たされて乗ったエレベーターに、数人の男女に囲まれた三島由紀夫が乗ってきた。原作者を囲んでいた人たちは新聞記者だったかもしれない。編集者と私は、有楽町の屋台店で呑み、アンコール・トムなどを見て、銅版画入りの限定本を作らないかといわれた。私は、赤羽に住んでいたころ、出はじめた『世界美術全集』（平凡社）を全巻予約して、丁寧に見ると質屋に入れる生活をしていた。画像は編み目のない美しいものだったが、モノクロで、アンコール・トム、アンコール・ワットの遺跡が、巨木の根にからみつかれていた。傷ましいイメージがそれらの遺跡によく似合っていた。あの時代、ベトナム戦争が暗く重く世界を覆っていた。それなのに、家賃を払えるか、明日、食えるかなんていうつまらない問題にひきずりまわされていた。六〇年、七〇年安保も生きるためにどうしたらいいかにひきずりまわされていた。焼跡生活での、なにもかもやけくそなのに、戦争が「終わった」（敗戦）という事実のみガキを納得させていた。奉安殿も、宮城遥拝も、校長先生の得意な演説も、ただただつまらないだけだった。なにもかも焼けてなくなってしまった現実は、何歳から理解出来るかなんて馬鹿らしい。幼い心に不明だったことが、年と共に分かってくる。

秋山　（……）彼の行為の社会的な意味のほうですが、野間さんはさっき三〇年代と七〇年代は、ある部分では危険も似てきたところがある、そこに天皇やなんかのことばなんかがかかわってくると困るとおっしゃったんですが、それはそうだろうと思います。しかし、ぼくはそこに、一つの敗戦という決定的な経験があると思いたいんです。三島由紀夫が天皇といっても、敗戦の中から生れ出てきたぼくなんか率直に言って、そのことばに何らの感じも受けないいんです。三島由紀夫がいうとき、むしろ何かしら西欧的なものを感じました。

これは、戦後の社会、民主主義、そういうことじゃないいんです。だんだん負けていく戦争というものが、そういうことばには意味がないということを、毎日はっきり教えてくれたわけです。

（「文学者の生きかたと死にかた」）

《シンガポールの水泳》3

二葉亭が、幼年時よりの志をまっすぐ生かすようにして、国際関係の坩堝のひとつたるペテルスブルグへ、すでに病を発している躰をはこぶにあたって、あとに残した言葉は、広く知られている。僕自身もまた、いくたびそれらの言葉に思いをよせてきたことであっただろう。その上でしだいに明瞭に見えてくるように思うのは、二葉亭の心根の、いさぎよい、真の優しさである。

《……文学は私には何うも詰らない、価値が乏しい。……どうも恷う決闘眼《はたしまなこ》になって、死身になって、一生懸命に夢中になることが出来ない。これに就いては久しい間苦しんだものですが……。》そのようにいい、国際問題に、死に場所を見つける、と決意をあきらかにしながらも、二葉亭の言葉は、あとに残って、文学をやりつづける作家たちを侮辱してはいない。作家たちに対して無礼でなく、同時代の日本人一般に対して無礼でない。

（「シンガポールの水泳」）

〈Oe さん〉の二葉亭への思いは、全エッセイ集第二『持続する志』の中の「ふたたび戦後体験とはなにか」（昭和四十三年一月一日『毎日新聞』――「著書目録」、森昭夫『大江健三郎書誌・稿』第一部）に書かれている。信頼できる人間とは、少年としての敗戦時の戦後経験をしっかり見てきたかどうかだということから、二葉亭の五歳時の維新を経験した魂が、生涯維持され、「国家問題、政治問題の趣味」として、死を目前にしてペテルスブルグに旅立つ時の、「僕は人に何らか模範を示したい……なるほど人間といふ者はあゝいふ風に働く者かといふ事を出来はしまいが、世人に知らせたい」という言葉を使っている。まるで《シンガポールの水泳》のためのように。

野間　（……）ぼくも敗戦というのは、日本に決定的な作用をしている、その点は同じ考えなんです。いかに敗戦以前に返そうとする力があっても返し得ない。敗戦というものはそういう大きいものでありますし、それから人間の死ですね。三島さんの死のときすぐに思い浮かべたのは、戦争中に死んでいった人たちのことであって、その人たちの死そのものが生きているというんですか、その人たちの死そのものが生きていて、死者が生き返るという考えをぼくはとりませんけれども、敗戦前の日本に戻すということはあり得ない死であるということを思わざるを得ないわけです。

そういう点で、ぼくがときどき死ということを考える場合に、死というのは個人の死であって、また個人の外から内へ入ってくる死であるわけなんですが、自分が自分を殺すということと、自分が他人を殺すということと、これは差別がありながら、同じ質を持っているんですね。自分が自分を殺すということは自由であるというその瞬間に、その自分の中の他者を殺すわけであって、自由は失われておる。そういうふうに考えて、やはり自殺というものを何とかして認めないようにしたい。そういうふうに組み立てていく理論、生死の理論というますか、そういうものがまだこの年になってぼく自身に準備されていないんです。

（「文学者の生きかたと死にかた」）

《シンガポールの水泳》4

（……）二葉亭の文学的努力は、かれひとりの「美学」の密室にとじこもる性格のものでなく、広く作家たちに対して、また日本語をもちいる人間みなに対して、無限にひらいてゆくところの、新時代の文体をつくりあげるための努力だったことをあわせ考えるべきであろうか。

僕は二葉亭の墓石の割れ目に生えでた草をつみ、それを懐にしまった。墓守りは、寺内将軍の墓は、むこうです、といったが、僕はそのままホテルに戻って、今度は心安らかに、ゆっくりと永く泳いだ。

（「シンガポールの水泳」）

『群像』編集者・T氏は、〈Oe さん〉から乾燥させた「二葉亭の墓石の割れ目に生えでた草」を土産にもらっている。私は、初めての訪問だというのに、コニャックをストレートで〈Oe さん〉と飲みあい、泥酔し、自宅に戻ったのは午前二時だった。気がつくと、見たこともない群青色した、インドでなければ見られないコートを着ていた。成城でタクシーに乗る時、〈Oe さん〉が「寒いから着ていけ」とはおらせてくれたものだった。泥酔男の夢かと思ったが、田舎から上京したカメラマンの友人が泊まっていて、泥酔男を写真にしていた。

あの夜……

コニャックの瓶と、小さなグラスが二つ、小さなテーブルに載っていた。「改装中の家は大工が入って昼間はとても暮らせなくて、大岡昇平さんの家をお借りしています」と〈Oe さん〉はいった。二階のその部屋は、畳敷き、六畳か八畳間。階段を上がった廊下から左の障子を開けてそこに入った記憶。その右に四枚の襖があった。畳にテーブルと椅子、それが奇妙な組み合わせのように私は思った。小さなグラスに注がれたコニャック。〈Oe さん〉と私は軽く乾杯して呑んだ。「どうぞ」とグラスを空けた〈Oe さん〉は私のグラスにコニャックを注ぎ、見る間にボトルが空になった。私の記憶にそれしかない。しかし、話し続けていた思いは残っている。

小学三年の夏、八月五日、街は空爆で焦土と化し、焼けなかった小学校に通うようになり、「いそうろう」と馬鹿にされ、焼けトタン・バラックから通い、近く林の青々した草原を切り分けるようにあった小川を、「図画」の時間に描いたと話したように思う。私が新制中学を卒業するころまでそれを残していたのは、絵を描き終わってから、小川をせき止めるように山となったゴミを、篠竹ではじき飛ばしていたら、人間とは思えない、風船のようにふくらんだ女の死体が出て来た、その記憶が私に破り捨てさせなかった。

秋山　（……）今度の三島由紀夫は芥川とか、太宰と並べられると思うんですが、表現と行為という、この両方に絶えずぎりぎり切迫した気分を求めて、その中で真剣勝負みたいなものを欲しながら、両方できないというか、この二つの連続のなかに、また断絶のなかに、普通でないような状態のなかにいた人は二葉亭四迷がそうですね。三島由紀夫は、似たような問題をつかみながら、生きるという意味、人間的な意味合いは別のほうに歩いたんじゃないかという気がするんです。

三島由紀夫という人は非常に作為が多くて、それで小説も計算によってつくる。ぼくは一方ではそれはそうだと思うんですが、何かしらあの人は、書くということに、えらい必死なものを求める、それから行為のほうにも必死のものがなければいけない、一種の生命をかけるようなものがなければいけない、という。そういう声が、彼より以前のどこにつながりがあるかということを頭の中でさがしてみたら、二葉亭四迷のことばが浮かんできたんです。書くことにはどうも本当の真剣勝負がないという……

（「文学者の生きかたと死にかた」）

小学四年の夏、まだ、いそうろう通学をしていた私は、広瀬川が直角に左折し、本流のごとくまっすぐ流れる川は支流となり、端気川《はけ》と名を変えた。流れも細くなり、橋を潜ると流れも速くなる。夏休みは広瀬川が分かれるあたりでよく泳いだ。赤い六尺褌が自慢で、上流に向かってどのぐらいとどまっていられるかに挑んで、水面を抜き手で「パカパカ」と音をたてるのが流儀だった。まだ、私の家の周囲は「焼跡」という景色で、焼跡はすべて畑だった。「戦争」は終わったという思いより、「戦争」はもうない、という安堵感があった。空襲で街が焼け、アメリカ兵は人殺しではないというのがわかるころ、駐留基地から近い道に、「あの姉ちゃんが」と思う派手な衣裳と唇真っ赤な「女」が、ＧＩと腕を組んで歩くようになり、私の住まいと同じ焼けトタンのバラックに入って行くのを、見世物のように眺めていた。ガキである私らでも、戦争に勝てたとはとても思えなかった。焼野原の困難な生活の「自由」は、「戦争はもうない」からであったと思う。

葦原を二つに切るような小川でつつき出した女の死体は、その後どうなったのかわからない。川で泳いでいる時にも、プカプカ流れていく女の死体を見た。事件として騒がれなかったのは、自殺だったからかもしれない。一緒に泳いでいた同級生に聞いても、「そんなことあったかなあ」といわれた。その川の橋から空気銃で狙われ、岸に上がって逃げる右肩に、空気銃の弾が当たった。そのことも、なにもかも、私以外は知らないという。みんな、「そんなこと忘れろよ」といった。

追悼2の追加

《〈Oéさん〉は私のグラスにコニャックを注ぎ、見る間にボトルが空になった。私の記憶にそれしかない。》と「大岡昇平さんの家」でのことを書きましたが、大江健三郎さんが亡くなって間もなくでもあったので、書かなかったことがあります。

〈Oéさん〉のコニャックの飲み方は、ヨーロッパ映画で見るような「グイッ」とやる飲み方で、早口がますます早くなり、小ぶりのコップに「どうぞ」というなり瓶を傾け、二つのコップにコニャックを注ぐのでした。早口の様子が安岡章太郎氏の「大江君の体操」というエッセイにあります。

大江君の早口は有名である。早く話そうとするから、どうしてもドモリがちである。たとえば彼からの電話は、こんな具合だ。
「モモ、ヤッカサデカ、コツラオーエ……、サホド、シッレマタ、ターヘ……、チッ、コモ、レテ、ンポデタ、モッカラ」
これをふつうの言い方に翻訳すると、

（もしもし、安岡さんですか、こちらは大江です。さきほどは失礼しました。たいへんに……。ちょっと子供をつれて散歩に出ていたものですから）というわけだ。

（安岡章太郎「大江君の体操」『大江健三郎全作品1』附録より）

このエッセイは、文芸雑誌での対談へと続き、「大江君の何を言っているかが、すこしも聞きとれず」編集者に通訳してもらうわけにもいかず、自分のいいたいことのみ「けんめい」に話したけれど、出来上がった雑誌を読むと「それなりにちゃんとスジが通っていたのはフシギな気もした」とあります。

「人岡昇平さんの家」での会話は、「大江君の体操」にあるカセットテープの回転数と比べれば、半分ぐらいで、むしろ私の方がドモリがちでした。それに、会話というより、質問攻めであったのだと思います。

「絵はどこで勉強しましたか」

「独学です」といえなくて私は「ドクガラス」といっていたかもしれません。

私は、新制中学二年半ばぐらいから「就職組」に分けられ、母には内緒で学校へ行かなくなり、新聞配達をはじめ、映画館へ入り浸るようになりました。子供が見てはいけない映画でも、チケットを買えば入れたのです。しかし、戦争中に禁止されていた海外映画解禁は、私にしたら「岩波文庫」を読むようなのでした。私の町のあちこちにまだ空襲で燃えずに残った外壁だけの建物があり、イタリアンレアリズムといわれた新作映画は、「愛」の問題を抜きにすれば、「生活」と「命」は身近な問題でした。大人にしたって、イタリア映画のポスターに女優の太腿が見えているだけで、映画館は超満員であったり、「キッス」のシーンがあるという宣伝にのせられて、おしくらまんじゅうしながら映画を観ていた時代です。私の就職先は「看板屋」でした。職人へのお茶出し、電信柱に縛り付ける「立て看板」をリヤカーで運搬する、死にたくなるほどイヤな仕事でしたが、一級上だけなのに映画の看板をリアルに描くTがいて、彼の誘いで級友が高校二年生になるころ、小さな酒場通いをするようになりました。

〈Oéさん〉は面白がってコニャックを注ぎ、二人ともグイッをやるのでした。

一軒の和風酒場は狭く、畳にして三畳ぐらいで、和服の女将さんは二十四、五の美女。L字のカウンターは四つの丸椅子があるだけでした。まるで映画のセットに入り込んだようでした。そこに三十歳ほどの泥酔男がいつもいて、梅わり焼酎をコップ四杯飲むと椅子からずるずると崩れ落ちるのでした。女将さんに「好きです」といえないだけのことなのでしたが。Tと私はその人をかついで、彼の住居である洋画専門劇場のスクリーン裏へ運ぶようになったのです。劇場の隣にある劇場専用の自転車置き場から、木戸をくぐってその人の仕事場兼寝床であるスクリーン裏へ行くのですが、そこは広く、泥酔男の絵が積み重ねられ、万年床のある二メートル四方のベニヤ小屋へ放り投げるのでしたが、泥酔男が絵かきとわかると尊敬してしまって、泥酔配達人となったのです。それがぼくの美術学校です、と私はいったように思います。

私はその美術学校の万年床に落ちていた、一枚の原色図版を手にして、こういうことならやってみたいと思ったのです。先生の絵のようではやりたくなかったのが本音です。印刷された絵の作者は「ミロ」で、初期の半具象の絵でした。

〈Oeさん〉は「すばらしい美術学校だ」といいました。

もう一軒の美術学校にも通いました。さえないおばさんが一人の、十人は座れるカウンター酒場で、お通しは「柿の種」しか出ない、まさにさえないところでした。酒場の店名は「百万ドル」で、おばさんの生まれた村の、「事件」話がおもしろく、通っているうちに、米兵のたまり場になってしまったのです。彼らのうちの誰かが連れて来た「パンパン」が三人も女給になって、ドンチャン騒ぎ、私はカウンターバーに入ると隅っこに座る癖がつきました。朝鮮戦争の休戦協定が結ばれた後でしたが、彼らの月給は基地の町で使えば数倍の価値があったのです。朝鮮半島に送られれば死が待っている、米兵が有り金をばらまく「百万ドル酒場」となったのです。私は、「百万ドル酒場」で、将校たちの妻や娘の写真による肖像画を頼まれるようになりました。その仲立ちになったグレゴリーという兵士は、カタコトの日本語も話すので友だちになりました。デイビスというお笑い芸人のような二十歳の兵士とも友だちになって、デイビスの持ち出すジョニーウォーカーの売人になりました。グレギーは本国から送られてくる、年三冊の同人誌に文章を書いていて、雑誌に掲載されるシルクスクリーン版画を見ることになりました。版画の表面を撫でると絹目でざらざらするもので、まさに版画そのものでした。私が興味を示すと彼は、絹の国の画家がなんということを、といい、シルクスクリーン版画の方法を話すのですが、単語会話の私には分かりませんでした。なにしろ中学の英語の先生の発音は「ジャックアンドベテエ」でしたから。

グレギーは、月に一枚の絵を私から一万円で買うようになりました。月給より高い金額です。ある時、上野の都美館で、《国際展》をやっている時、グレギーに東京へ一緒に行こうといわれたのです。「百万ドル酒場」のママも行くというのです。その相談のため、店の二階にある物干し場で昼飯を食べました。ママが注文したカツ丼とビール。このセットは今でも私のスタイルです。

国際展のアメリカコーナーに、グレギーの友である画家の大きなシルクスクリーン版画がありました。私は浅草にくわしかったので浅草仲店裏の食堂ですき焼き、国際劇場で松竹歌劇を見て、終電車に乗りました。グレギーは、地下鉄の網棚上にある細長い広告が、シルクスクリーンだといったのです。

〈Oé さん〉は「百万ドル版画研究所」といって喜びました。空になったコニャック瓶の横にジョニーウォーカーがあったように思います。〈Oé さん〉が立ち上がり、襖を二枚外し、畳に倒すと、「妻のヌードを描いてくれないか」といいました。私は天井がまわっているにもかかわらず「描きます」といい、〈Oé さん〉は硯箱を持って来て、墨をすりはじめました。私はそんな細い筆では描けません、タオルか手ぬぐいをお願いしますといいました。それを筆代わりにすれば一分で描けると思ったのです。

〈Oé さん〉がタオルを持って来た時、私はきっとぶっ倒れていたのです。

気がつくと、私をタクシーに乗せた〈Oé さん〉が、寒いからこれを着ていけと、インド土産らしい青いハーフコートを私に被せたのです。

追悼3　悲しみもよく語る道化（『季刊文科』二〇二三年夏季号）

大江健三郎さんは電話好きでした。たまたま妻が受話器をとると、妻は三十分ほど「はい」とか「そうですか」といって電話をきり、「大江さんからだった」というのです。何を話したのか訊ねると、「楽しませていただきました」というのです。

大江さんの電話は、「おおえです」とはじまり、上機嫌であることが伝わる話し方で、テンションはどんどん上がっていきます。長男のプーちゃんのこととなると、私の受話器がブルンブルン動き出すほどです。そのころは多少反論をしてもテンションは上がり続けます。頂点に達するのが分かるころから、だんだんと音声が下がるのを感じます。それからじょじょに憂鬱そうになって、話もそのような意味合いとなり、疲れきった表情が見えて来ます。『クマのプーさん』のイーヨーの感じでもあります。

年《とし》とった灰色《はいいろ》ロバのイーヨーは、小川の岸《きし》に立って、水にうつるじぶんの姿《すがた》を、じっとながめていました。

「あわれなり。」と、イーヨーはいいました。「まさにそれじゃ、あわれなんじゃ。」

（A・A・ミルン 著、石井桃子 訳『クマのプーさん』）

しかし、私の質問によっては、〈Oé さん〉のエッセイにあるような話になります。私の記憶からではなく、エッセイそのものを引用します。

「日本一等国説」という政府のしかけた、おいしい罠に、いそいそとはいりこんだ連中に出会うことはたびたびある。たとえば、ぼくは最近いかにも気分的な親米派のテレビ・タレントに会ったが、彼女はいくらか二世風かつザーマス調の日本語で、たびたびくりかえすのだった。こんなことは一等国の人間としてハズカシイ、あんなことは大国の人間としてハズカシイ。ぼくはひとつの寓話を思いだした。それは気どり屋のネズミという話だ。

ある台所の穴ぼこに、自分を象だと思いこんでいる灰色のネズミがいた。象のくせにチーズをぬすむなどハズカシイと上品にほほえんで、藁ばかりかじっていた。やがて気どり屋のネズミは痩せほそって誇らしげに死んでしまった、象の墓場に行けないことを残念がりながら、いや象は不平などいわない、とあきらめて。なかなか立派なネズミだが、この気どり屋の論理が、ぬくぬくした現状肯定派の武器となってはたまったものではない。

（大江健三郎「象か気どり屋のネズミか」『厳粛な綱渡り』所収）

このような話を早口で喋り、もっと私を笑わせるため、大ジョークを続けるのでした。

そのような時は、たぶん、〈Oeさん〉のすぐ近くに長男のプーちゃんがいて、笑っているのです。つまりプーちゃんを笑わせたいのです。また、大きな仕事が終わったのかもしれません。

私は、松谷みよ子さんの絵本『まちんと』の絵が描けなくて、何度も広島へ行きましたが、その旅から東京へ戻る電車の中まで、ずっと、『ヒロシマ・ノート』を読みました。そのようなくせがついて、『空白の絵本』と題したテレビ・ドラマのシナリオを書くため、長く広島に滞在した時もそうでした。

そのシナリオを小説化する時、ちょうど、広島平和記念資料館の新しい展示がはじまり、私は、多くの中高生に押されながら館内に入り、被爆して傷だらけの顔をした少女の写真の前で動けなくなりました。背から足指の先へ足指の先から背へ自らの少年時が突風のように通り抜けました。少女の顔にガラス片の傷が無数にあり、左頬に大きな包帯がはりついています。説明にあるように、右手は包帯が巻かれ、痛々しい。その写真の横に、「勤務先の前で　二十歳《はたち》の時の藤井幸子さん」の写真がありました。美しい健康な笑顔ゆえになお悲しみがふくらんできました。

当時10歳だった少女は、爆心地から約1200メートルの自宅で被爆しました。縁側に続く部屋で座っていた体の右側から強烈な熱線を浴び、爆風で飛び散ったガラス片で負傷しましたが、火災の直前に倒壊した家から脱出しました。直接熱線が当たった右手に重い火傷を負い、くっついた指を切り離す手術を受けました。

やがて少女は成長し、結婚後2人の子どもを育てながら幸せに暮らしますが、30代になり、がんに侵されました。広島原爆病院で手術を受け、持ち直しましたが、がんの転移により体調不良が続くようになり再入院して、1977年（昭和52）に亡くなりました。42歳でした。
（「広島平和記念資料館」展示より）

私は、『ヒロシマ・ノート』のおわり近くに書かれた、四歳で被爆して、二十年後に白血病に襲われた青年の、生と死を思わずにいられませんでした。原爆病院の医師たちの努力で、白血病の《夏休み》である二年間を、青年は働いて生きたのです。

しかし二年たって、充実した《夏休み》は終った。青年は執拗に嘔気になやまされるようになり、再入院し、関節という関節すべての激しい痛み、そして猛烈な嘔気という、白血病の患者の最悪の果てに死亡したのであった。

一週間たって、死んだ青年の婚約者が原爆病院をおとずれた。彼女は、青年を看護した医師や看護婦たちにお礼をいいにきたのだといった。彼女は楽器店につとめる娘らしく、よくレコード棚やバイオリンの陳列ケースにおいてある、陶製の一対のシカをお土産にした。二十歳の娘は平静でおだやかな挨拶をのこして去っていったが、翌朝、彼女は睡眠薬による自殺体として、発見されたのであった。（……）

くりかえすが死んだ青年が被爆したのはかれが四歳の時だった。かれは戦争に責任がなかったばかりか、原爆による、まさに理不尽な不意の襲撃を理解することすらできなかったであろう。その幼児が、二十年後に、みずからの肉体において国家の責任をひきうけたのであった。たとえ幼児であるにしても、かれがその国家の一員である以上、かれは国家の最悪の選択にまきこまれざるをえないのかもしれない。ひとつの国の国民であるということはそのようにも陰惨なものであるかもしれない。

しかし、自殺した婚約者は、いかにも象徴的な年齢、二十歳で、まさに戦後の子だった。

（大江健三郎『ヒロシマ・ノート』）

引用が長くなりましたが、これでも足りないのです。歌人・正田篠枝さんの歌まではどうしても。なぜかというと、大江健三郎の「悲しみもよく語る道化」イメージを語りたいからです。

小西信子さんたちの『ひろしまの河』は今年初め十一号をだして、やはり着実につづいている。その巻頭の文章。《いま日本においては、あらたに平和をおびやかすきざしがあり、私たち被爆者を憂慮させている。権力のあるものはその威容を誇示するために、キュウキュウとしている。われわれ庶民は誇示する何ものもない。ただ真実を訴える言葉のみである》いま原爆症の病床にある正田篠枝さん、占領下の一九四七年に、沈黙を強制されていた被爆者たちのなかから、原爆ドームをえがいた扉に《死ぬ時を強要されし同胞の魂にたむけん悲嘆の日記》という歌をそえた歌集『さんげ』を非合法出版して、原爆のもたらした人間的悲惨の最初のスケッチをおこなった、この不屈の歌人の詩と歌も、ここに掲載されている。詩は、ルメー将軍への叙勲をはげしく批判したものである。そして悲痛な問答体の二首の歌。ここにもられた、ひとつの論理的な対話は短歌という形式のもっとも凝縮された一典型であろうと思う。そこに漂っている苛酷なにがいユーモアは肺腑をつらぬく。

原爆にて盲目となりし二十歳の娘われ死なば与へむこの眼球を
われ死なばこの眼与へむと言ひたれど被爆眼球は駄目といはれぬ

（大江健三郎『ヒロシマ・ノート』）

「苛酷なにがいユーモア」こそ、大江健三郎の小説に流れる地下水「悲しみもよく語る道化」なのだと思うのです。
「プロローグ　広島へ……」で、「このような本を、個人的な話から書きはじめるのは、妥当ではないかもしれない。」と断り、娘を亡くしたばかりの同行の編集者・安江良介と、「最初の息子が瀕死の状態でガラス箱のなかに横たわったまま恢復のみこみはまったくたたない始末」だった著者の二人は、子どもの命がかかった広島への取材でした。

三十一歳になった大江光さんは、音楽の才能をのばし、広島で行われる『広島のソナタ』演奏会にあわせて、原爆資料館を訪ねます。私はそれをテレビで見ました。

原爆資料館に大江さんと光さんが入って行きます。光さんはその先へ入りたくなく、怯えている様子が彼の全身に見られました。現在の展示ではなく、リアルな人形は生きているかのようでした。「水ヲクダサイ」という声が聞こえるほどに。

（……）被爆地の市内の風景が、傷ついた人たちの姿ともども再現された展示室に入ろうとして、光はかつてないほどの怯えを表わした。勇気を出してそこへ入って行くようにと、僕はかれを強くうながさねばならなかった。資料館を見終って、光も僕も疲れていた。しばらく僕らは館の廊下の窓ぎわに坐っていた。そのうち、いま見たことを、どのように感じたか、話してみてもらいたい、と僕は光にいった。

——すべてダメでし（す）た、とうつむいたまま光は嘆くように、また、非難するように強く答えたのだ。

（大江健三郎・文、大江ゆかり・画『恢復する家族』）

『恢復する家族』に書かれた大江さんの言葉です。

光さんが、初めて言葉を発したのは、林の向こうで啼く鳥の声でした。光さんは「クイナです」といったのです。その時の驚きとよろこびは、大江さん家族にとってどんなに大きかったか想像できません。その光さんの耳が、音楽につながっていったのです。

原爆資料館を見たあとの光さんが、「すべてダメでし（す）た」といった言葉にどんな意味があったのか、考え続けなければと私は思うのです。

追悼4　『クマのプーさん』を読みながら（『図書』二〇二三年八月号）

〈Ōeさん〉の『ヒロシマ・ノート』にある、死の意味を、書き写さなければ、とあせっている私。

自分の悲惨な死への恐怖にうちかつためには、生きのこる者たちが、かれらの悲惨な死を克服するための手がかりに、自分の死そのものを役だてることへの信頼がなければならない。そのようにして死者は、あとにのこる生者の生命の一部分として生きのびることができる。この、死後の生命への賭けが、宮本定男氏の原爆病院内での活動だったし、峠三吉氏の入党だったのである。そこで、いま僕をとらえる恐怖は、われわれがかれらの死の賭けをすっかりだめにしつつあるのではないか？　という疑いに喚起される。しかも、そのことを死の直前の宮本定男氏たちは、感づいてしまっていたのではないか？　この恐怖の感覚は僕から離れることがない。われわれ、地球上の生きのこりのすべてが、かれらの死の賭けを否定し、賭金をはらうまいとしているのではないか？

この死者のことを、僕は聖者と呼ぶべきかもしれない。〔大江健三郎『ヒロシマ・ノート』〕

とあるあとに、
［聖者という言葉に反感をもつ人たちがあるなら］と、〈Oe さん〉は、セリーヌの言葉を引用します。

《完全な敗北とは、要するに、忘れ去ること、とりわけ自分たちをくたばらせたものを忘れ去ることだ、そして人間どもがどこまで意地悪か最後まで気づかずにくたばっていくことだ。棺桶に片足を突っ込んだときには、じたばたしてみたところで始まらない。が水に流すのもいけない、何もかも逐一報告することだ、人間どもの中に見つけだした悪辣きわまる一

面を、でなくちゃ死んでも死にきれるものじゃない。それが果たせれば、一生はむだじゃなかったというわけだ。》

（出典・セリーヌ著、生田耕作訳『夜の果てへの旅』）

私が台所で朝食のみそ汁に卵を落とそうとしているとき、ラジオからの「三月三日未明、大江健三郎さんが老衰で亡くなりました」というのを聞きました。二、三日前の出版社からの電話で知っているにもかかわらず、私は、卵をガスレンジに落としてしまい、みそ汁が煮こぼれて湯気をあげるまで、茫然《ぼうぜん》としていました。

三月三日、雛祭りの日は、明治生まれの母の誕生日なので、新潟の銘酒を買ってきて、腰のひくい桐ダンスの上に茶碗酒を献じて、私は昼から呑んで、親不孝を詫びていたのでした。おおくの迷惑をおかけした〈Oé さん〉に、私はお詫びしていたのかなぁ。雛祭りの独り酒なんて面白がる〈Oé さん〉だったな、と独りごと。〈Oé さん〉がそばにいたら、こういったかもしれない。

「まるで、年とった灰色ロバのイーヨーだな。お祝いはなし、ロウソクはなし、みじめなのは、このわしだけで、たくさんじゃ、といっているみたいじゃないか」

私は、〈Oé さん〉の装幀をするようになってから、〈Oé さん〉の前にいるとき、ずっと、『クマのプーさん』の作者、A・A・ミルンのまえがきを、呪文のようにブツブツブツブツやっていました。

コブタは、プーより、ずっと教育があります。でも、プーは、気にしてなんかいません。頭のある人もある、ない人もある、と、プーはいいます。それが世の中なのです。

（A・A・ミルン著、石井桃子訳『クマのプーさん』）

これを呪文でとなえると、フクロがプーに頼まれて、イーヨーの誕生祝いを書いたあれになります。

［おたじゅうひ　たじゅやひ　おたんうよひ　おやわい　およわい］

〈Oeさん〉が私のことをこんなふうに書いたことがありました。彼は酒を飲むといつも、A極からB極へ、と笑い話として。

Aの極で、司さんは礼儀正しくひかえめで、内気であり、このように話していることでかれを傷つけているのじゃないかと不安になるほどであり、暗い印象もある。（……）Bの極で、司さんは陽気で攻撃的であり、徹底的にぼくを罵倒して、なおも笑いかつ怒りつつ、去ってゆく。

（大江健三郎「友としての司修の肖像」、司修『風船乗りの夢』附録より）

とにかくそのようなことがあったのでしょう。けれど、『洪水はわが魂に及び』という本の表紙絵を、〈Oé さん〉さんに頼まれて描いたのです。本ができると、〈Oé さん〉の家に招かれました。

玄関の扉を開けると、〈Oé さん〉、そのとなりに、十歳ぐらいの男の子と、六歳ぐらいの女の子、Oé 夫人がおりました。かいだことのない美味しい匂いが、玄関にも応接室にもひろがっていました。クマのプーさんだったら気絶していたことでしょう。

ところがです。応接室でお茶をいただいていると、〈Oé さん〉に抱きついた男の子に、「プーちゃん！」といって〈Oé さん〉は大きい熊のように嚙みついていったのです。プーちゃんも大熊さんに嚙みついていきました。そのカクトウの楽しそうなことといったらないのです。『洪水はわが魂に及び』に登場した障害をもつ少年「ジン」でした。鳥の声をいくつもいくつも聞き分ける「ジン」でした。

プーちゃんの妹は「長くつ下のピッピ」のようでした。ですがここでは、「コブタちゃん」と呼ぶことにします。

コブタちゃんがぼくにいいました。

「むかしむかしねぇ、ぶたのようにまるまるふとったおじいさんとぉ、がりがりにやせたおばあさんがぁ、いました」

〈Oé さん〉がもっとも体重をたいせつにしてふやしていたころです。

「おじいさんは山へしばかりに、おばあさんは川へせんたくにいきました。するとぉ、川上から、どんぶりこどんぶりこと、桃がながれてきました。おばあさんは桃をひろいあげて、さっそくわってみますとぉ」というと、コブタちゃんは、いたずらそうな目でぼくを見て、「ブタがでてきましたぁ」といいました。

〈Oé さん〉はそれに負けない大声で、「ブタがでてきましたぁ？」といってコブタちゃんに噛みついていったのです。ところがコブタちゃんは、父の歯をじょうずに逃れて、さっきよりも、もったいぶったいいかたで、

「しばらくするとぉ、さっきの桃より小さな桃がながれてきました。おばあさんはその桃をとって、わってみるとぉ、ブタのウンチがでてきましたぁ」といい、「エッチ」とつけたして部屋を出て行きました。

〈Oé さん〉は、「悲しみについてもよく語る道化」でした。

コブタちゃんが三歳のとき、〈Oé さん〉は、木下順二作、絵本、『かにむかし』（岩波書店）を読んで聞かせました。コブタちゃんは、カニが柿の木にガシャガシャ登って落ちてしまう場面に惹かれたらしく、眠るまぎわに、ガシャガシャとつぶやいていたそうです。

『かにむかし』は面白かったけれど、コブタちゃんは多少の抵抗を感じたようです。カニがサルをやっつけるために出かけると、仲間にくわわろうとする、「ぱんぱんぐり」や「ハチ」や「うしのふん」がいました。コブタちゃんは、「うしのふん」て、ウンチだ、と抵抗を感じたのです。だれだって、そんなきたないものを仲間にするなんてへんだと思うでしょう。大人になっても、そういう意識をなくさない人が多い世の中です。でも木下順二さんの『かにむかし』では大事な役割をもっていたわけです。

うしのふんが　すわっておっていうには、
「かにどん　かにどん、どこへゆく」
「さるのばんばへ　あだうちに」
「こしにつけとるのは、そら　なんだ」
「にっぽんいちの　きびだんご」
「いっちょくだはり、なかまになろう」
「なかまに　なるなら　やろうたい」
（出典・木下順二文、清水崑 絵『かにむかし』）

〈Oéさん〉は、コブタちゃんに納得してもらうため、そのあと、次のような文を書き入れました（ゴチック体部分）。

「おらは　くさいで　えんりょにおもうが」
「いや　さるは　たれより　くさいぞ」
というて、うしのふんに　きびだんごを　やって、うしのふんもなかまに　なった。

（大江健三郎「幼年の想像力」『鯨が死滅する日』所収）

〈Oeさん〉の「幼年の想像力」というエッセイに書かれたものですが、「子供たちと大人の、真の共通語はあるのか、真の共通の観察はあるのか、そして、子供たちと大人は、どのようにして確実な一双の想像力の翼をもつことができるのか？」ということが書かれていました。

『新しい人よ眼ざめよ』という本に、プーちゃんは、「イーヨー」という名で登場します。テレビ撮影隊とヨーロッパの旅を終えて戻った家で、「僕」は妻から、「イーヨーは包丁を持って、そのカーテンのところに頭を突きつけて、じっと裏庭を視ていたのよ」と、留守中の話を聞きます。イーヨーのそれ以前の一連の動きに、妻は、パパが帰ってきたらいいつけるから、ということがあったのでそうなったと。　小説中で、イーヨーはこういいました。

「——いいえ、いいえ、パパは死んでしまいました！」妻が説き伏せようとするとイーヨーは、

「――いいえ、いいえ、パパは死んでしまいました！　パパは死んでしまいましたよ！」それで妻は、

「――死んだのとはちがうでしょう？　旅行しているのでしょう？　だから来週の日曜日には帰って来るでしょうが？」とイーヨーの心を鎮めようとします。ところが、

「――そうですか、来週の日曜日に帰ってきますか？　そのときは帰ってきても、いまパパは死んでしまいました。パパは死んでしまいましたよ！」

この会話は小説として書かれているので、カセットテープからの書き写しではありません。けれど一読者としてその後にも続く、

「――あーっ、死んでしまいました、あの人は死んでしまった！」

という言葉などに、神話的な、神秘的な意味を感じつつも、誰もが迎えなくてはならない「死」の現実を感じずにはいられませんでした。

セロ弾きのゴーシュ

ゴーシュは寝床へどっかりたおれてすぐぐうぐうねむってしまいました。

それから六日めの晩でした。金星音楽団の人たちは町の公会堂のホールのうらにあるひかえ室へみんなぱっと顔をほてらしてめいめい楽器を持って、ぞろぞろホールの舞台からひきあげてきました。しゅびよく『第六交響曲』をしあげたのです。ホールでは拍手の音がまだあらしのように鳴っております。楽長はポケットへ手をつっこんで拍手なんかどうでもいいというようにのそのそみんなのあいだを歩きまわっていましたが、じつはどうしてうれしさでいっぱいなのでした。みんなはたばこをくわえてマッチをすったり楽器をケースへいれたりしました。

（……）

「アンコールをやっていますが、なにかみじかいものでもきかせてやってくださいませんか。」

すると楽長がきっとなってこたえました。

「いけませんな。こういう大物のあとへなにをだしたってこっちの気のすむようにはいくもんでないんです。」

「では楽長さんでてちょっとあいさつしてください。」

「だめだ。おい、ゴーシュ君、なにかでてひいてやってくれ。」

「わたしがですか。」

ゴーシュはあっけにとられました。

「きみだ、きみだ。」

ヴァイオリンの一番の人がいきなり顔をあげていいました。

「さあでていきたまえ。」

楽長がいいました。

みんなもセロをむりにゴーシュに持たせて扉《と》をあけるといきなり舞台へゴーシュをおしだしてしまいました。ゴーシュがその孔のあいたセロを持ってじつにこまってしまって舞台へでるとみんなはそら見ろというようにいっそうひどく手をたたきました。わあとさけんだものもあるようでした。

「どこまで人をばかにするんだ。よし見ていろ『インドのとら狩《が》り』をひいてやるから。」

ゴーシュはすっかりおちついて舞台のまん中へでました。それからあのねこのきたときのようにまるでおこったぞうのようないきおいで『とら狩り』をひきました。ところが聴衆はしいんとなっていっしょうけんめいきいています。ゴーシュはどんどんひきました。ねこがせつながってぱちぱち火花をだしたところもすぎました。とびらへからだをなんべんもぶつけたところもすぎました。

（宮澤賢治「セロ弾きのゴーシュ」『宮沢賢治童話集』所収）

賢治の『セロ弾きのゴーシュ』を長く引用したのは、私がこれから書こうとする長い文章について考えると浮かんで来る物語だからです。ゴーシュのように猫がせつながってぱちぱち火花を出してしまう『インドのとら狩り』を弾ける自信もありませんが、私はもうゴーシュになるしかありません。

大江健三郎さんからの電話で、ＮＨＫのテレビ・チームが、光さんの音楽を中心に『響きあう父と子』という映像を撮影しているが、そこで息子の肖像をあなたに描いてもらいたい、といわれました。〈Oé さん〉がディレクターに提案したらしいのです。すでに、光さんとカレーを作るシーンも提案して撮ってもらったといいます。

『響きあう父と子』の、ＮＨＫ・テレビ・チームは、ストックホルムを視野に入れて、五月から秋のはじめまで、〈Oeさん〉の家に通いつめ、家族の一員のようになっていたようです。光さんの誕生以来、友人知人を招いての、家でパーティーをすることもなく、友人の家のパーティーにも行かなかったのに、プロデューサーをふくめて四人のテレビ班が、ほとんど毎日、何時間も入っていたらしいのです。

私らの家庭はＮＨＫのテレヴィ班を受け入れました。そして、後から画面で見ると、じつに自然な日常生活をカメラにおさめてもらうことになったのでした。演技する気持もなければ、そもそもその能力もない者たちを、ひとつのテレヴィ・ドキュメントに撮ってゆく、ということは、いかにも大変だったろうと思います。家族のメムバーそれぞれの持ち味とでもいうものも――光をその代表として――すっかりちがうのですし。私らの方も、家庭の日常生活に他人が入ってくる、ということに慣れていないのでもあり、正直、はじめはどうなることかと思ったものです。

ところが、私らはじつにすみやかに撮影に順応してゆき、ついにはそれを楽しむようにさえなったのでした。演出、録音、照明の誰にも感じたことですが、とくにカメラのＨさんの、エデストな、しかも真剣な集中ぶりが、私らに撮影の日々を気持の良いものにした直接の理由でした。私らが光のお誕生日のテーブルに坐《すわ》っている、その周りを、静かに、しかししっかりしたコースをさだめて幾度もカメラが通過する。あの安定感のなかに時の移り行きがしみじみ実感される、不思議なような印象がいまもよみがえってきます。

（大江健三郎 文、大江ゆかり 画『ゆるやかな絆』）

大きなテレビカメラを肩にキビキビとしかしつつしみ深く動くカメラマンは無言で〈Oé さん〉の心をとらえ、〈Oé さん〉家族にとけこんでいたのです。私は何年経っても〈Oé さんの家ではキンチョーマンで、〈Oé さん〉からの受話器を手にしての会話にも緊張が伴いました。それはもうどうにもならない私の病気でした。

〈Oé さん〉からの電話で、家族みんなで来てくれといわれ、私は妻と五歳になる娘を連れて行くことにしました。私一人より緊張度は低くなるのです。しかし私にはもう一つ不安がありました。

むかし、一九六四年か五年ごろ、まだビデオ・レコーダーがテレビ局になかったころ、私はフジテレビの一時間番組に出演したことがありました。事件が起きると、その近所の方々のインタビュー映像は、カチカチで、カメラの前にいるだけで恥ずかしそうに喋っていた時代のことです。「画家シリーズ」担当の知的なアナウンサーが、賑わうスタジオの隅の小さな椅子と丸テーブルに、対談者の友人（近所に住む、兄のように尊敬する画家）と私を案内して、上等のサントリーダルマ瓶から、カットグラスにウイスキーを注ぎ、「画家さんたちは、みなさん、カメラの前で喋れなくなるので、度胸をつけるためにお酒を」というのでした。じっさい、スタジオにいるだけで友人と私は堅くなっていたのです。私たちはウイスキーを飲みながら、質問の内容や、ライトの具合など、アナウンサーから聞き、ライトを点けたり消したりする舞台を横目で見ながら、なるほど、アルコールが効いてくると度胸がつくな、などと思っていたのです。

ダルマ瓶が半分もなくなったころ、ディレクターが撮影の順序を説明に来て、「録画設備がないので、生放送です。撮りなおし出来ないので」といいました。私はかなり酔っていて、「それはねがったりかなったりです。同じことを二回やれといわれてもできませんので」と感謝しました。

三台のテレビ・カメラは馬鹿でかく、ディレクターが「ライトっ」というと、小型の太陽が十個ぐらい照ったようでした。カメラの位置が決まるまでの数分、その熱で、酔いが急激に上がるのを感じました。光線の熱は上がり続けます。ディレクターの上げた手が下りると、アナウンサーの質問があり、友人と私はそれに沿って対話しました。三十分ほどで、「おつかれさまっ」という声。「このまま本番に入ります」とディレクターがいったのです。私は彼に近づいて、「約束が違います」といいますと、「テレビというのはこういうものです」というではありませんか。私は「もうやらない」といいました。「お伝えしたでしょう。録画システムがないと」「ですから、約束が違います」そんなやりとりをしていると、遠くで、スタジオの横にあるフジテレビ・ギャラリーの牧田館長が私をじっと見ているではないですか。（私はもうやらないとディレクターと大喧嘩。牧田さんはそれを見ていて、後に、伊東の二十世紀美術館での私の個展を企画してくださったのでした）私は酔いもさめて「では、やりましょう」といったのです。第一ステージは二人の酔っぱらいが言いたい放題で終わり、私はそのまま、第二ステージまで歩いて、絵の並んだ個展会場のようなセットに入ると、大女優が客としてやって来たように絵を見て、普通の画廊の客のように、私に質問して、それに答えるのでした。大女優に助けられて、それはうまく話し終わりました。しかし、「本番」での友人との対話は、酒場で泥酔した二人が、ろれつもまわらずというような具合で、後で画家仲間から「めちゃくちゃだったぞ」といわれたのでした。
　その時の、大失敗はトラウマになっていて、テレビカメラは恐いのです。

〈Oé さん〉宅でのビデオ映像は、『響きあう父と子』に使用されませんでしたが（正直な話、使用されなかったことにホッとしたものです）、一時間ほどの映像が約十分に編集されたＶＨＳをいただきました。それを写生するように書きます。

〈Oé さん〉の家へ妻と娘を連れて行きました。ドアを開けてくれたOé 夫人、その後ろに大きなカメラを肩にしたカメラマン。向かって左応接間への入口に光さん、その後ろに〈Oéさん〉がいました。五歳の娘は恐れ知らずで、カメラマンなど気にせず、「オジャマシマス」と、応接間の入口に立つ光さんの前を歩いて、ソファに座っていました。たしか、『世界はヒロシマを覚えているか』のラストで、光さんの曲を、ピアニストの海老彰子さんが演奏するシーンにも参加していたようなので、娘はその時の場所に座ったのです。小一時間撮影されたビデオは十分間に編集されていて、画面は、〈Oéさん〉が光さんに声をかけています、

「光くん、きみが名前をつけた熊をさしあげるんでしょ」

光さんはアンテナを出した小さなFMラジオを右手に持ち、イヤホーンで音楽を聴いています。左手でぬいぐるみの熊に手を伸ばします。その手の上に、壁にかかった光さんの肖像画。Oé夫人の描いたそれは、いつ見ても惹かれます。

〈Oéさん〉の声で、ぬいぐるみの熊は、光さんの妹が作ったと伝わり、テレビカメラマンは忍者のごとく移動して、被写体をとらえ続けます。

丸い食卓のある場所から、光さんがぬいぐるみの熊を持ち、注意深く歩いて、光さんの定位置といってもいい場所に座ると、五歳の娘は身を乗り出して嬉しそうに、もう、もらえるものと感じています。光さんは熊を見続けていますが、五歳の娘とは繋がる糸が見えるかのようです。

娘がゼロ歳の時、光さんの座った場所で眠っていたのを思い出します。私たちが〈Oéさん〉

の家に行くのは、新しい本の見本が出来た時で、子供が生まれたからということだけで行くことはありません。新しい本のお祝いに呼ばれるのです。娘の誕生と新しい本の誕生が重なったので、テーブルにはご馳走がたくさん並び、空になったワインの瓶が何本かあったろうと思います。光さんの定位置のソファの背に、後ろ側が戸棚になった台があって、そこに、〈Oé さん〉は、私を酔わせるためのウイスキーの瓶を載せていたのでした。そのころの〈Oé さん〉は、会うたびに、「プーちゃんに酒はだめといわれて、禁酒しているので、今日は飲みません」といいました。私はその約束を守っていただくためになるべく飲まずにいると、〈Oé さん〉はそれを気にしてビールを飲んでしまうのでした。

その台の上のウイスキーの近くに光さんが来て、ソファの赤んぼうを見た時、〈Oé さん〉が、「プーちゃん、危ないから気をつけて」といったのです。そくざに光さんが笑って、「ウエ（上）スキーデスカ」といったのです。即答ジョークに楽しい笑いが生まれました。

光さんの言葉は少なく、じっと見つめられると、私は今感じているすべてを読み取られていると思うのです。私は後で自分がどんなことを思っていたか確かめたくなります。光さんが笑うと私も嬉しくなります。「ウエスキーデスカ」の話題は、いつまでも私ら夫婦の記憶に残りました。

（このことは後に大きな役割を果たします）

「なにやってるのプーちゃん」と〈Oéさん〉。

光さんは左手のぬいぐるみをぐるぐると回していました。ぬいぐるみは五歳の娘の前に置かれたサクランボの上で止まっていました。私はそれを受け取り、娘にやると、

「名前はなんてしたの?」と〈Oéさん〉。光さんは、小さな声で「クラ」といいました。娘は喜んで、「クララのクラだ」といっています。

「クラッシックが好きだからクラにしたらしいですよ」と〈Oéさん〉。光さんはFMラジオの選局に夢中です。

「猫の名がクラらっていうの? 熊がクラで猫がクララだって、まちがえちゃうなぁ」

〈Oéさん〉は光さんに向けていっていますが、光さんはずっとラジオ選局。でもすべてわかっているのです。

テレビが点けられ、相撲が始まりました。光さんは、応援する力士・コトイナヅマが土俵に上がるのを待っているのです。このなりゆきは、カメラマンの無言のシナリオに沿っていたのでしょう。

私は、カメラマンの指示があったのか、カバンの中からスケッチブックを取り出しました。この何でもない時間の移動が、テレビカメラのためにある、と感じてしまって私は、イライラしだしました。しかし決められた仕事をしなければならない、しかもそれがうまくいくかどうか分か

らない。

カメラは、執拗にカバンから何を出すのかを追っています。

テレビ画面の相撲を見ている光さんの横顔は、いい感じでしかも動かない。

「コトイナヅマって、顔が、タマネギに似ているってプーちゃんいって。コトタマネギって。

玉葱を持って来て、プーちゃんは応援します」

〈Oe さん〉は光さんの言葉と行動を説明してくれます。

光さんが急いでキッチンへ行き、玉葱を一つ持ってテレビの前に座りました。少年のままの光さんに私は、「プーちゃん、今日はご機嫌だなあ」と思うのです。私もご機嫌な時、少年時代に戻ります。少年時代は嬉しいことばかりではなく、厭なことが多くても、一番楽しい時があります。

コトイナヅマ関が登場しました。光さんの笑顔は、片時も離さなかった右手のトランジスタラジオを手放しました。左手の玉葱をテレビ画面にむけてニコニコです。玉葱とコトイナヅマ関と比べ、光さんは父に向けて合図の手を振りました。

「コトタマネギが勝つといいのにねぇ」と〈Oe さん〉。

光さんは玉葱を額につけるようにして勝つのを願っているのでしょう、嬉しそうです。

私は光さんの熱中して動かない表情を描いていました。動かないといっても動いているので、描いては消し、消しては描きます。ダ・ヴィンチが川の流れ落ちる場所の水紋から女性の髪の毛を描いていたよ、なんてことを思ったり、描いた絵を逆さまに置いたのを忘れていて、翌日それを見たカンディンスキーが、乗り越えられなかった美を発見したんだ、と、救いの道を求めて悪戦苦闘していたのです。

テレビ画面を見る光さんの表情が素晴らしい。私は描いているし、〈Oe さん〉はテレビを見ている。しかし、ビデオカメラマンは光さんの表面ではなく内面を撮っています。この画面こそ、モデストなカメラマンの「撮影の日々を気持の良いものにした直接の理由」だと思いました。〈Oe さん〉のエッセイに、光さんの、幼年のようではなく、障害もなく成長した表情に出会って、茫然とすることがある、とあったのを思い出します。日本放送出版協会発行の、『ヒロシマの「生命の木」』の中の、楽譜『大江　光　ピアノ作品集』を読んでいる光さんの写真二葉がそうだろうと思います。

ピアニスト海老彰子さんが、光さんに質問するシーンを〈Oe さん〉は次のように書いていました。

演奏にさきだって充分に練習をかさねられて来た模様の海老さんは、その過程で浮かびあがってきた問題点を息子にただされた。いつも不思議な感じにうたれることだが、音楽の専門家と楽譜を間に置いて音楽用語を中心に話が進行する時、息子の反応は敏捷・確実になり、かつむだのないものになっていって、誕生の際に異常がなかったとしてのかれの幻も一瞬ひらめくようだ――現実のかれがそれより劣っていると、いまも遺恨の思いを抱いているのでは決してないけれど――。

（大江健三郎『ヒロシマの「生命の木」』）

ビデオという動画は、一瞬をとらえるのではなく、一瞬を持続させていくのです。だいぶ前テレビで、障害のある青年が、ヘリコプターに乗り、ロンドンだったかローマの上空を眺めて通っただけで、テレビスタジオに用意されたシネマスコープスクリーンのような大きい紙に、通り過ぎただけの町並み、それも、窓の数も確かに描いていくのを見たことがありました。描いていくサインペンの動きを青年は考えることなく進めていくのでした。もしその青年に、肖像画を描かせたら、モデルの動きで変わる表情を百も重ねて描くのではないかと思うのです。

テレビの「のこったのこったのこった」と興奮したアナウンサーの声。

光さんは玉ネギを顔から少し離してテレビを観ています。

〈Oéさん〉もテレビを見続けながら、眼ではない感覚で私のやっていることを感じているのに違いないのです。五歳の娘は、光さんの持つ玉ネギと、相撲との関係が不思議に思えたのか光さんを見つめています。

コトイナヅマ関は負けてしまい、光さんは顔の近くのタマネギをテレビに向け、笑顔で残念を表しています。

「負けちゃった。プーちゃん、タマネギちょうだい」

光さんの笑顔がそのまま〈Oe さん〉の笑顔であり、このぐらい無防備な〈Oe さん〉を見ることはありません。光さんは「勝負」を感じてなく、コトイナヅマ関の相撲が楽しいのでしょう。私も光さんの喜びと似たものを感じて笑いが止まりませんでした。

光さんがタマネギを父に渡し、そのままそこにいると、「プーちゃん、つかささんが絵をかいているのだから、椅子に座って」と〈Oe さん〉。光さんはソファに戻り、アナウンサーの試合状況を聞き、負けても嬉しそうです。ニコニコしてテレビ画面を見たままテーブルのサクランボをつまみました。

カメラマンがいつ、私の後ろにまわってスケッチブックを撮したのか気づきませんでしたが、失敗した白い紙に木炭を動かしている画面。〈Oe さん〉がそれを見ています。

「こうやって描いていると、プーちゃんに初めてお会いしたころの顔になってくるんですよね。十歳ぐらいでしたか？」

「ああそうですか、面白いですね。やっぱり基本の形みたいなものが残っているのでしょう」

私はうまく描けなくしかし描き続けます。私の余裕のない表情。自信のない手の動き。ウイスキーでも飲みたいなあと思うのです。

それで薄茶色のパステル画用紙に取り替えると、光さんは左手を鼻の下に置いて、顔半分を隠すようにしました。そのようにするのはいつものことらしいのですが、しかし私にとって見たことのない表情でした。私は、ほぼ描き終わった横顔の右下に、急いでその表情を描くのでした。

「まあ、光の顔をよく見ると、ある種、抑圧されたものという感じがあります。欲望というものが体のなかに満ちていて、それが、発散されないでやって来たっていう感じがするんです。抑制というか、コントロールというか、忍耐っていうか、そういう感じなんですね」と〈Oé さん〉がいいました。私は緊張を隠すようにおたおたしながら、「そういうこともないとはいえませんけれど、純粋な、ほんとの思いみたいなものが出ていてですね、無垢な……汚れのない表情が……似顔絵ではなくそれを描くことが難しいですね」

光さんは、顔を同じ位置に固定して、がんばってくれています。そこから私は一気に、光さんを描ききりました。光さんのそばにいた Oé 夫人にスケッチブックごと渡すと、

「ワァッ、これは、ちょっとよすぎる」と笑い、「これは美化されている」といったのです。

それほど救われることはありません。

茫然とカメラをみつめ、気の抜けた顔をしている私のクローズアップ。

光さんを描いた絵が大写しになります。「いいなぁ、いい顔してるなぁ」と〈Oé さん〉。「普段着」の〈Oé さん〉はご機嫌で、

「つかささんもなぁ、これくらい小説がうまく書けりゃなぁ」とつけ加えました。

ビデオテープが終わってから私は一九七二年十一月の個展を思い出しました。その前年、初めて、ヨーロッパ旅行をして、あちこちの美術館でボッシュやブリューゲル、クラナッハなどの本物を見て、いろんな影響を受けて描いた展覧会（銀座フジヰ画廊別館）でした。そこに、宮澤賢治の肖像と大江健三郎の肖像を加えていました。『宮沢賢治童話集』（実業之日本社、一九六九年）の挿絵を描いたことから、その詩や物語に惹かれて、花巻へ何度か行っていました。賢治の物語から浮かぶ絵は、「おれの絵」、「芸術」という意識なしに、楽しみながら描けたのでした。

ＮＨＫのビデオ撮影という私のトラウマはかえって、「おれの絵」「芸術」という魔物を取り払ってくれていたように思います。

賢治の肖像画は、北上川を囲む森の中から黒いマントを着た賢治がニョキリと立ち上がり、森の中には童話の数々の人物が潜んでいるように描きました。「祭の晩」の山男や、ゴーシュを描かずに賢治像を描けなかったのです。

男は汗を拭《ふ》きながら、やっと又言いました。

「薪をあとで百把持って来てやっから、許してくれろ」

すると若者が怒ってしまいました。

「うそをつけ、この野郎。どこの国に、団子二串に薪百把払うやづがあっか。全体きさんどこのやつだ」

「そ、そ、そ、そ、そいつはとても言われない。許してくれろ」男は黄金《きん》色の眼をぱちぱちさせて、汗をふきふき言いました。一緒に涙もふいたようでした。

「ぶん撲《なぐ》れ、ぶん撲れ」誰《たれ》かが叫びました。

亮二はすっかりわかりました。

（ははあ、あんまり腹がすいて、それにさっき空気獣で十銭払ったので、あともう銭のないのも忘れて、団子を食ってしまったのだな。泣いている。悪い人でない。かえって正直な人なんだ。よし、僕が助けてやろう）

亮二はこっそりがま口から、ただ一枚残った白銅を出して、それを堅く握って、知らないふりをしてみんなを押しわけて、その男のそばまで行きました。男は首を垂れ、手をきちんと膝《ひざ》まで下げて、一生けん命口の中で何かもにゃもにゃ言っていました。

亮二はしゃがんで、その男の草履をはいた大きな足の上に、だまって白銅を置きました。すると男はびっくりした様子で、じっと亮二の顔を見下していましたが、やがていきなり屈《かが》んでそれを取るやいなや、主人の前の台にぱちっと置いて、大きな声で叫びました。
「そら、銭を出すぞ。これで許してくれろ。薪を百把あとで返すぞ。栗《くり》を八斗あとで返すぞ」言うが早いか、いきなり若者やみんなをつき退《の》けて、風のように外へ遁《に》げ出してしまいました。

（宮澤賢治「祭の晩」）

〈Oe さん〉の肖像は、「森の中のO氏の書斎」というタイトルでした。〈Oe さん〉を見て描いたものではなく、一〇〇号という大きな画面に巨木が並ぶ森を描き、朽ちた巨大な樹の根方を書斎としました。机も巨木の中心を四角く残したもので、その周りには鳥や羊や獅子や鹿などがゆったりと休んでいます。O氏はそこで書き物をしていますが、顔は親指ぐらいの大きさなのです。森そのものがO氏なのです。朽ちた巨木たちは生まれかわる苦しみを表したり、精霊となり、巨鳥となり、根元への階段があったりします。私は森のイメージを、『大江健三郎全作品』にある小説を読んで勝手につくりました。
〈Oe さん〉は画廊に来て、「世界一小さな肖像画だ」と絶賛しくれました。〈Oe さん〉はジョークを飛ばしたのです。簡単に褒めるようなことはしない人です。その展覧会の前年、新宿紀伊國屋書店画廊での個展に来てくれました。海外旅行へ出発まぎわまで描いていた「ファッション71」は、《現代の幻想展》のためのもので、一五〇号の大作でした。真っ赤な太陽のように炸裂した原爆＝水爆が背景で、下半分には、当時の新聞の広告ページにあった写真や絵の人物を集めて配しました、ものを求めている人たちがひきこまれる素材として。

それを見た〈Oeさん〉は、「売ってはならない」といいました。この否定による褒め言葉を私が理解するまで十年を要したものです。「ファッション71」は、核実験への人類の無感覚ぶりを描いた絵でしたが、あの無感覚ぶりを、「見ざる聞かざる言わざる」の三猿で表現しました。〈Oeさん〉が「ファッション71」を見た時、今思えば、大瀬村の「庚申さま」に祀られている「見猿聞か猿言わ猿」が浮かんだのでは、と思うのです。

『「雨の木」を聴く女たち』（新潮社、一九八二年七月）の装幀画はたまたま「セントラルアネックス」（銀座）での個展に並べたのでした。その飾り付けの夕方、〈Oeさん〉が来てくれて、「雨の樹」と題したB2大の水彩画を見たのです。スリランカ旅行で土産に買った素焼きの壺は、水が染み出すことによって冷たさを保つもので、私はそれを「雨の樹」のイメージにして、ヌードモデルの頭に載せ、青一色の水彩で描き、透明なフィルムに、武満徹さんの手書き楽譜『雨の樹』をプリントしてかぶせたのでした。

大きな会場を一巡して絵の前にもどった〈Oeさん〉は、「これではなく、『武満徹の肖像』にしてもらいたい」といいました。地味な肖像画です。私は「そうしましょう」といい、新宿で軽く飲んで別れるために二人してタクシーに乗ったのです。〈Oe さん〉は二枚の絵について迷っていたようでした。いつもなら、「あなたならどちらにするか」と、迷っている理由を話し続けるのでしたが、黙ったまま、最高裁のある大通りにタクシーが入ると、考えがまとまらないらしい〈Oe さん〉は、「独りで考えたい」と、タクシーを停め、あの幅広い大通りを突っ切って反対方向の車に乗ったのでした。

翌日の夕方、個展会場にいた私に〈Oe さん〉から電話がありました。「あなたが勧めた『雨の樹』にしてもらいたい」と。私は、「昼ごろ会場に来たのですが、あの絵、音楽出版社の方が買ってしまったようなのです。でも、装幀に使用する場合もあるのでそうした時は無条件の承諾を得ています。問題ありません」といいました。『武満徹の肖像』は売れずに今でも私の部屋にあります。

銀座・フジ井画廊での、二枚の肖像画の隣には、「壁」という、滲みがあるだけの絵がありました。原爆資料館で見た壁ですが説明はいっさいしませんでした。

「大地と血」は、大地として膝を曲げ、座している裸婦の背に、悪魔的な闇が槍で突き刺そうとしています。原子爆弾を発射させるボタンとして描きました。

「ノアの箱舟」は、森に囲まれた草地に白いペリカンが休んでいるだけ。それはクラナッハのイヴの肌のように透き通った白でした。小さなカタログのメモに、「ペリカンの絵には、箱船によって運ばれた鳥も、昆虫も、動物も、魚もいません。〈みにくいあひるの子〉という絵本のため、スケッチに通った井の頭公園の池にたたずんでいたペリカン。ペリカンは一時間半もじっとしていて、優雅に飛び去った。私はそれを、ウィーンの美術史美術館で見たクラナッハのヴィーナスの肌を浮かべながら描き、静脈が見えるがごとく、透明に、透明に絵具を塗った。クラナッハの女の肌は実際すきとおっていた。」とあります。

初めてのヨーロッパ旅行の各地の美術館で、クラナッハと、ボッシュ、ブリューゲルはしっかり見ました。

クラナッハを、〈Oé さん〉が特に好んでいたのはエッセイで知っていましたが、それを意識した覚えはありません。技術的な知識もない私は、混合技法がどんなものかも知らず、クラナッハの描くイヴの肌が透き通っているフシギを見続けることで知ろうとしていました。私がウィーンの国立図書館に入ることをどうして実行出来たのか記憶にありませんが、資料閲覧室で、デューラーとクラナッハの、生きていた時代の銅版画をリクエストして、一山の版画を掌に載せて眺めたのでした。

『厳粛な綱渡り』「＊第六部のためのノート」に、「ぼくはエロティックな絵画が好きだ。ぼくはシュール・レアリスムの画家たちの愛好家だが、それはなかばかれらのエロティシズムに関わる趣味にみちびかれているし、クラナッハについてもおなじである」とありました。

　クラナッハの裸婦の非現実感は胴体とまったく無関係な表情をもった頭と腕、ときには足に由来するようである。胴体そのものに限ってみれば、小さな丸い乳房とふくれあがって臍の位置の高い上向きの腹とのあいだの細い部分のほんの少し平板で、ほんの少し長すぎる感じだけが、いわゆる規範《カノン》の裸婦になれた目をうらぎる要素である。しかし現実にぼくらの周囲で任意に偶発的に生きて動いている女たちの胴体の奇怪な反・規範《カノン》性にくらべればそれはまったく問題にならない。

（大江健三郎「＊今日のクラナッハ」『厳粛な綱渡り』所収）

とあります。
クラナッハのエロティシズムが語られる言葉に私は、「死者の奢り」に描かれたアルコール液に浮遊する死者の女を感じてもいました。
〈Oéさん〉が、ヨーロッパ旅行の間、美術館へ行くたびに探し求めながら見ることのなかったクラナッハ。五十日も滞在したパリでルーヴルに行くこともなく、クラナッハの実物の前に立たなかった〈Oé さん〉。日本へ帰る準備をしていて、食事の帰り道での小さな書店で、買うことの出来た大判の画集『ルーカス・クラナッハ・アンシァンの裸婦』、その画集を見ながらのクラナッハです。

《リュクレース、一五三二年》では明るい窓の風景がきえさるかわりに、この自殺しようとする裸婦はただ、その憂わしげな目と、強い表情をおびた唇で苦痛をあらわすのみである。左手はかろやかな薄布をつまんでさえいるのだ、踊り子のように。それ以後のいかなるリュクレースも、むしろ神話的な伝承のなかの一人の女の役割をポーズしている一人の女、の印象の方が強い。クラナッハは物語あるいは形而上学的観念のなかの女をえがくかわりに、現世の、ポーズしているモデルの女の真実をえがきだしたわけである。

（……）

《エロティシズムについては、それが死においてまで生の称賛であるということができる》というジョルジュ・バタイユの言葉をぼくは思い出す。

（大江健三郎「＊今日のクラナッハ」）

と念を押す〈Oé さん〉の「リュクレース」という一枚の絵への思い。それは、〈Oé さん〉の少年時に突如襲った父の「水死」に関わるものではないかと思うのです。

作家が絵画を語る時、実物を見る必要はないのかもしれません。白樺派の雑誌に紹介された印象派の絵画は、ヨーロッパに行けない画家たちに大きな影響を与え、ゴッホの絵画様式を取り入れた者も多いのです、ということを考えれば、実物など意味がないのかもしれない。印刷物であっても、見る者の想像力をかき立てれば。

小説や評論を原稿用紙で読めばさらに理解が深まるというものではないけれど、絵画の実物を見ることは、翻訳本を原本で読むに似ているのかもしれません。

私の個展の「イヴ」は、男の肋骨から生まれた女ではなく、トゲのないサボテンのような肉厚な植物から生まれた緑色の女性でした。砂漠で水を得て、水を保って生きるサボテンからイヴを誕生させたのでした。

私のバベルの塔という絵は、ウィーンの美術史美術館で見たブリューゲルの同名の絵が頭から離れませんでした。それにもう一枚、「死の勝利」、絶望的な絵ですが、ペストのような死ではなく戦争そのものと思ったものでした。大きな複製画を買って来た私は、女性像の背景に「死の勝利」を模写しました。

ワインの味も覚えての個展でした。

私の描いた光さんのスケッチは、異なる姿勢の、二人の人がいるような構図になり、またその絵は、光さんの感動的なヴァイオリン曲が精力的に書かれたころ、『大江光「ふたたび」』というCDのカバーになりましたが、使われなかったビデオ撮影で、光さんの肖像を描くという「出演目的」のスケッチが功を奏したわけです。そしてもっと衝撃的だったのは、「自らの意志で向こう側へ行ってしまった友——義兄の映画監督……大きな悲哀の殻を突き破るようにして、新生の感情を育む　書下ろし長篇小説」(オビ文)である『取り替え子《チェンジリング》』のカバー絵として、二〇〇〇年に刊行されたことです。

〈Oé さん〉は「二人の光さん」のスケッチに、もう一つの何かを感じたのかもしれません。

私は本の扉の装飾カットとして、光さんの描いた「ベーコン」という犬の絵を使いました。光さんの妹が、アンケート様式で、物語を引き出し、ベーコンという犬の絵を光さんに描かせたのでした。

ベーコンはなにを食べますか？　答、ベーコン。
ベーコンはなにを飲みますか？　答、水。
ベーコンをさわったら柔いですか？　答、夏のようなものです。馬の体と同じです。

ベーコンは吠えますか？　答、大江さんは、そんなことがありません。

ベーコンの絵をかいてください。

（大江健三郎 文、大江ゆかり 画『ゆるやかな絆』）


このようにして生まれた犬の絵です。


おびの裏には、「私の一生の作品の中で最も大切な三作のひとつであると思います。著者」とあり、「チェンジリング（Changeling: 英）美しい赤んぼうが生まれると、小鬼のような妖精がかれらの醜い子供と取り替える民間伝承が、ヨーロッパを中心に世界各地に見られる。チェンジリングとは、その残された醜い子のことを指す。」とタイトルの説明があります。

あの偶然が生んだスケッチは、二人のように描かれたため、小説『取り替え子《チェンジリング》』の最終章「モーリス・センダックの絵本」のテーマ「取り替え子《チェンジリング》」とも重ねられたのでした。


センダックの絵本は、『まどのそとの　そのまたむこう』「OUTSIDE OVER THERE」、わきあきこ訳として福音館書店から出版されています。

私は何度も何度も。文を読まずに絵を読んで、それも十数回くりかえしました。そうして絵本を閉じるたびに、表紙の絵の元気そうな赤ん坊より、アイダの表情に謎を感じるのでした。

耳が大きい！　透明なグリーンアイズが悲しそう！　口が歪んでいるのか、頬と顎の関係から歪みが感じられるのか、首が太い。少女なのにもう老人の表情をそなえている。彼女の足の親指が異様に大きい。赤ん坊の右手を持つ彼女の手がごつい。ひまわりの花がたんぽぽみたい。アイダに襲いかかって行くみたいだ。アイダも赤ん坊の足も芝草を踏んでいるのに沈んでいない。アイダの左手のホルンは警笛を鳴らしそう。私は表紙の絵だけでも不安を感じてしまうのでした。

物語がはじまる前の扉に、よちよち歩きの赤ん坊の背後からアイダが手をにぎり、おぼつかない足どりを支えて、「気をつけてちょうだいね」という表情で腰をかがめています。アイダの顔も姿も幼く、まだ幼稚園児ぐらいでしょうか。赤ん坊をおぶうのが難しそうです。ですが、裸足の足は少女っぽくない。赤ん坊の右手は黄色い帽子の紐がにぎられています。二人の先に、薄紫の頭巾とマントに包まれてうずくまる異形な影の人。

顔のない影人間！

私の持っている絵本は、扉をひらくとまた二ページの大扉になります。そこには、薄紫の頭巾マントをまとった影だけの小人が四人になって、イタリア寒村の修道僧のような格好で、もぞもぞとアイダと赤ん坊にすり寄って行くのです。一人は八段ほどの梯子を持ち、一人はアイダが吹くこととなるホルンを肩にかついでいます。アイダの表情はそのことに気づいて不安そうです。

顔は小扉のよりは少し大人びているけれど可愛らしく、少し成長しています。赤ん坊はアイダに抱かれて、黄色い帽子をかぶり、なにやらもうしわけなさそうにクスンとしています。赤ん坊は絵本で一言も話しませんが、心苦しいのだという顔です。すべてが分かっているのです。痛々しい。たんぽぽのようなひまわりは柵を越えて家の中に進入してくる勢い、それは攻撃的です。そこに、小さく帆船が描かれています。海と帆船の関係は、『かいじゅうたちのいるところ』では現実と夢との間を結ぶ大切な役目をしていました。アイダの「アリス」を思わせる顔。まだ幼い顔。まだあんまりはっきり主張しないけれど、感じられる足の確かさ。

大扉をめくると、まだ物語は始まらなくて、アイダの抱っこした赤ん坊が泣いています。ある意味で醜さを感じさせもする赤ん坊の顔。アイダの横顔の美しさ。黄色い帽子が小さく見えるほど大きく、アイダの顔より大きく感じる赤ん坊の顔。布に隠されて見えない赤ん坊の足から想像すると、もうアイダと同じぐらい大きくなっています。センダックはそれを意識して描いたのでしょうか、だとしたらなにを象徴しているのでしょう。二人の後ろに、薄紫色の頭巾マントの影がつきまとって、どうしても印象に残ってしまうアイダの足。それは支えるという意味で必要な表現だろうけれど、必要以上にごつい のです。

さらにページをめくると、画面は二ページに渡って入り江が描かれています。黄金に輝く空と海、海には浜に近づく帆船、湾を取り巻く岩山、浜の大石、その石の一つに乗ってアイダが赤ん坊を抱いているのです。大きな赤ん坊を抱いているアイダは、ようやく自分を保っているというのを、彼女の足が示しています。大きな画面をパッと見ただけでも、アイダの足に目が行ってしまうほどそれは目だつのです。赤ん坊の大きな顔も強調されています。

［パパは　うみへ　おでかけ。］

アイダの右隣にいる母は後ろ向きで、豊かな布に包まれて夫の出船を見送っています。この、赤んぼうのめんどうを見るアイダに無関心な母。帽子といい、服といい、風にひらめくショールといい、少し不気味です。彼女らの左隅にあの薄紫色のマントを着た影人間が二人、玩具のような帆のある小舟にいて、アイダのパパのおでかけを見送っていますが、船の帆の柱の上の青い旗は、これからとんでもないことが起こる予感を示しています。でも描かれた遠景の三艘の帆船をよく見ると、どれも帆はアイダたちの方へ向かって風を受けています。出て行った船ではなく、やって来る船なのです。「おでかけ」の船は残された家族に向かって来ているのです。一艘だけ帆をたたんで停泊していますが、彼女たちの方を向いています。

私は東日本大震災二年後の岩手海岸に行って来ました。そのおり、「姉吉《あねよし》」という入り江に下りて行きましたが、ちょうど絵本の絵のような景色でした。

岩手県下閉伊《しもへい》郡重茂《おもえ》村姉吉（現・宮古市重茂姉吉）は十二戸程度の漁村でしたが、明治二十九年の大津波で全戸流出してしまい、奇跡的に生存者が二名いたといいます。小さな谷川を下ると、石碑がありました。

高き住居は児孫の和楽
想へ惨禍の大津浪
此処より下に家を建てるな
明治二十九年にも、昭和八年にも津浪は此処まで来て
部落は全滅し、生存者僅かに前に二人後に四人のみ
幾歳経るとも要心あれ

山の中の、ここまで津波がやって来たのかと、信じがたい石碑でした。姉吉は3・11の津波から逃れられたのでした。大海からの入口は狭く、入り江は湖のごとく広がっていて、船一つなく、荷揚げ用の鉄骨が一つあるだけでした。

［パパは　うみへ　おでかけ］の絵の入り江によく似ているのです。そういうこともあって現

実の入り江とこの絵とが一つになって、とても絵とは思えなかったのです。頭巾マントをかぶった影人間の向こうの海は凪いでいるのに、三艘の帆船とヨットの浮かぶ海が波立っているのを不思議に思っていました。アイダとママは後ろ向きですが、赤ん坊だけが読者の方を向いています。帆船の旗も影人間のヨットの旗も画面の左側へ流されているのに、ママのショールは右側に流されています。そこだけ風が右側に向かって吹いていて、ショールの先がゆらゆらしている下に口をつぐんだ男の顔が描かれています。一つの石として描かれていますが、男の横顔が意識され口が描かれてないだけなのです。センダックは読者に気づかれないよう描いたと思うのです。人は意識せずに取り込んだ情報を無意識領域に運ぶと何かで読んだ気がします。

［パパは　うみへ　おでかけ］

見送っているシーンなのに、帆船が三艘とも岸に向かって来ることと関係あるのかもしれません。遠方の岩山の下の別荘から出たヨットにパパが乗っていて大きな船に乗り換えるのかしれません。が、このヨットはパパがいなくなってから、アイダの家の庭が見通せる湾に停泊して、ママを監視し続けるのです。

［ママは　おにわの　あずまや］

絵は隅から隅まで細かく丁寧に描かれていて、異様な雰囲気をかもし出します。大きなシェパードがママの足にふさふさの尻尾を近づけて、あらぬ方角を眺めています。すぐ眼の前にあの影人間が二人、梯子を持って移動しているのに、まったく気がつかないシェパード。影人間は犬の嗅覚にも視覚にも聴覚にも気づかれないのです。

私は、写真のように描かれたドイツ・シェパードに、絵と知りながら恐怖を感じるのです。中二の時、私は映画を観るための資金稼ぎに、新聞配達をしていて、たった三部の英字新聞を配達するため、米軍基地内に入り、将校ハウスの玄関まで新聞を投げ込んでいました。基地内も民家もまだ眠っている時間です。将校ハウスの一つから、網戸をパタンと開けてシェパードが出て来ると、芝生をヒョンヒョンと、襲ってくる気配はなく白ペンキの低い柵を越えて、走っている私に追いつくと、ワンともいわず私の尻を嚙んだのでした。私は左脇に抱えている新聞束を犬に向けると、とっさにその腕を本気で嚙み、揺さ振ったのです。私の悲鳴を聞いた将校が表に出て、「グレース」とかなんとか叫びました。シェパードは私の腕から離れて玄関前まで行き、ご主人様の前で頭を下げていました。私は将校に呼ばれて、血の垂れている腕を気にしながら行くと、将校は私を犬に意識させて、ズボンの革バンドを抜くと、ビシビシ殴りました。狂犬病が流行っていました。将校がマダムを呼ぶと、ジープもやって来て、マダムと私は、サイレンを鳴らしたジープに乗って赤十字病院へ行ったのです。それ以来、犬はだめなのでした。絵本の絵であっても反応してしまうのです。

アイダは赤ん坊のおもりをしていましたが、窓に向かってホルンを吹きます。すると窓の隙間から庭のひまわりが侵入して来ます。もう一つの窓から、梯子をかけて上ってきた影人間も侵入しようとしています。

影人間はゴブリン（小鬼とも小妖精とも幽霊ともいわれる）でした。揺籠の中の赤ん坊をさらって、替わりに氷の人形を置いていきます。その人形のグロテスクなこと。可愛い赤ん坊は氷の人形と取り替えられてしまいます。これが絵本と小説のテーマである「取り替え子《チェンジリング》」です。

アイダは何も知らずに氷の人形を抱きしめて赤ん坊に「だいすきよ」といいますが、ホルンに刺激された窓の外のひまわりは数を増して部屋に侵入してくるし、ゴブリンが入って来た窓は、荒波に飲まれるような帆船の実景になっています。しかも船は窓に向かって来ています。氷の赤ん坊は溶けて水になってしまい、アイダはカンカンになって怒っているではありませんか。室内に入って来たひまわりは数を増し、窓の帆船は嵐で座礁、荒波にマストの先端を残すばかりです。

アイダたちとパパの関係が沈没船と関係ないわけがありません。アイダの髪の毛も濡れているよう。そして、ゴブリンが盗んだのだと気づきます。アイダの「およめさんにしようとおもってるのね！」という声で、私は初めてあの赤ん坊が女の子だと分かりました。絵本を手にした読書なら誰でもそう思うでしょう。窓は嵐の後の凪いだ海です。ここでもアイダの足が強調されて描かれますが、センダックの意図なのか、センダックの無意識領域からの意識化なのか分かりません。

アイダはママの黄色いレインコートを着て、ホルンをそのポケットに入れます。アイダはそれまでになく美しく描かれています。まるであの貧乏な、召使いのような女の子が、ガラスの靴を履き、馬車に乗って宮殿に行くように。ママの黄色いレインコートは、魔法の布のようです。

アイダは盗まれた赤ん坊を取り戻そうと、ゴブリンの入って来た窓から飛び出しますが、間違って後ろ向きのまま出てしまいます。アイダを包んだママの黄色いレインコートの深い襞。このアイダの過ちは、小説にも繋がります。

ゴブリンの窓の外は、「まどのそとの　そのまたむこう」の世界でした。そこは夜でした。アイダの妹は二人のゴブリンに抱かれて小さな眼鏡橋を渡っていきます。妹の赤んぼうは異変に驚いているけれど声も出ない。アイダは空飛ぶママのレインコートに包まれて浮遊していますが、その顔は、パパとさようならをした後の、庭の葡萄棚の下で呆然としているママとそっくりです。アイダはゴブリンが妹を連れ去っていくのに気づきません。すると、パパの唄う声が聞こえてきます。遠い海とは、「そのまたむこう」ゴブリンたちの世界の海に船は浮いています。ここでのアイダの足はごく普通の少女の足です。

パパの歌はアイダに、後ろ向きでは「そのまたむこう」の世界は見えないよ、ひっくりかえってホルンを吹いてごらん。ゴブリンたちの結婚式がはじまっちゃうよ。と教えてくれるのでした。アイダは体の向きを変えようとします。

私の絵本読みは、絵を描く者の眼です。それにこの絵本の言葉はとても少ないのです。センダックの絵本はどれも丁寧に描かれ、どれも魅力的です。絵を読む絵本なのです。

小説『取り替え子《チェンジリング》』は、作者を思わせる「古義人」の妻、「千樫」の語りであり、千樫の兄、映画監督・吾良のイメージを作りだして行きます。

――この絵本に書いてあるアイダという少女は、私や、と自分にいった。

（大江健三郎『取り替え子《チェンジリング》』）

「千樫」のこの一言は、『取り替え子《チェンジリング》』という小説の全てだと私は思います。

小説中のセンダックの絵本は、次のように読まれていきます。

絵本の物語る出来事は、パパが航海に出ていた間に起ったと、最初のページに出ている。

ママはボンネットをかぶり、足先まで包み込む服に覆われて、ただ左手の先だけが見える。それは入り江の彼方を過ぎて行こうとする帆船に向けて、力なくかかげられているのである。脇に赤んぼうを抱いて——このシーンではおとなしくしている赤んぼうの、こちらを向いた個性のある顔——力強い足で大きい石の表面を踏みしめて立つアイダが、やはりパパの帆船を見送っている。

（……）

大きい絵の構成自体に、不安を換び起すものがあるのだが、千樫にはとくに画面中央の、リアルに描かれた大型のドイツ・シェパードが不思議だった。絵本の物語とは関わりがないように思える。

（大江健三郎『取り替え子《チェンジリング》』）

センダックが幼年時代に、心理的な傷として刻まれた「リンドバーグ夫妻の愛児誘拐事件」の説明があります。センダックの絵本が、アメリカの大学では徹底的に研究され、絵本画家を呼んで彼の生い立ちからの話を聞き、シェパードの存在理由までに及ぶ、そのことに私は驚きました。リンドバーグの愛児誘拐事件に関係しているとなると、事件の複雑さ、謎の多さから、私のような単純な読者は、アガサ・クリスティの『オリエント急行殺人事件』にまで持って行かれるのでした。

絵本はだんだん小説『取り替え子《チェンジリング》』と重なりあって行きます。

アイダはむずかる赤んぼうをなだめようと、ホルンを吹く。そのうち熱中し、注意深くしていることができなくなったほど。大きい向日葵《ひまわり》が咲いている窓に向かってアイダはさかんにホルンを吹き、赤んぼうも聴きほれるかのようだ。その時、正面奥の窓から梯子をかけて登って来た、コートのなかは濃い影だけの者ふたりが現われる。

ゴブリンどもがやって来たのだ。かれらは赤んぼうを連れ出す。氷で作られた替え玉を後に残して。驚きのあまり、声にならない叫びをあげている赤んぼうが窓から連れ出され、一方、グロテスクな白い赤んぼうが揺り籠に残されている……

可哀想なアイダは、起ったことを知らないで、取り替え子《チェンジリング》――それがこの絵本の主題としてセミナーで議論されているのである――を抱きしめる。そしてつぶやく、どんなにどんなにあなたのことが好きか！

（大江健三郎『取り替え子《チェンジリング》』）

アイダは後ろ向きのまま窓の外に出てしまいます。千樫は、古義人と結婚して最初の子供の生まれるのを待っている時、変わってしまった兄を取り戻す思いを持ちます。［もう一度、あの美しい子供を生もう」と。取り替えられていなくなった本当の吾良が、［新しい子供として生まれて来るようにしよう……」と。

この人がまだ子供であった時、おなじ年頃の吾良と"outside over there"外側のあの向こうへ、なにか恐しいことの起る場所へ出かけて行き、実際に恐しいことを経験して帰って来た真夜中のことを、私は覚えている。いまから考えると、あの夜より前にも、ゆっくりと時間をとりながら、吾良が変ってきていたことは確か。それでもあの夜以来、もう吾良は引き返しのできない所まで、出て行ってしまったとも思う……

えたいの知れない場所で過した二日の後、吾良は帰って来た。夜のお堂の前庭から一度か二度、それも小さな声をかけてよこしたのだったろう。

（大江健三郎『取り替え子《チェンジリング》』）

物語は、吾良の書いた「絵コンテ付きシナリオ」を克明に語ることにより進められます。ピーターの運転するキャデラックに、吾良と古義人が乗り、松山のＣＩＥの図書館から古義人の育った村に向かいます。

吾良のシナリオの風景描写はないので、十七歳の古義人が、お馴染みの川や山越などの詳しい情景として語られ、「大黄さんの錬成道場」へと向かいます。

「大黄さん」は、吾良たち三人を近くの温泉に案内します。

絵コンテは、アメリカ青年と日本人の少年が裸で浴場にいる情景。ピーターは、吾良に性的な誘惑を試みます。吾良はそれを断り、脱衣所へ。

この小説での吾良と古義人の二人が経験した「アレ」は、小林秀雄訳『ランボオ詩集』の、『地獄の季節』終章、「別れ」が色濃く描かれます。

秋だ。俺達の舟は、動かぬ霧の中を、纜《ともづな》を解いて、悲惨の港を目指し、焔と泥のしみついた空を負ふ巨きな街を目指して、舳先をまはす。あゝ腐つた襤褸《らんる》、雨にうれたパン、泥酔よ、俺を磔刑《たくけい》にした幾千の愛欲よ。さてこそ、遂にはいゝ審かれねばならぬ幾百万の魂と死屍とを啖《く》ふこの女王蝙蝠《かうもり》の死ぬ時はないだらう。

（小林秀雄 訳『ランボオ詩集』）

「辛い夜だ、乾いた血は、」という言葉に至る「アレ」。

一人であるのに二人の写真。二人であるのに一人の写真。

私は、一枚のスケッチの行方を追っています。チェンジリングというキーには近づこうとしていますが。その小さなキーを探しはじめると、大江文学は迷路に迷路をぶら下げ続けるので、複雑な地図は百枚も重ねられ、百枚の地図のどの辺りを歩いているのか、語りあっているのか、迷わされます。

装幀者としての私は、迷路に誘い込まれたら、本のイメージをつかめないという意味で、深い森に迷わされても、白い小石を置いたり、パンくずを投げ置いたりしません。戻れなくてもいいのです。賢治の『ペンネンネンネンネン・ネネムの伝記』のネネムのように、家から動きません。信じがたい困難を受け、妹のマミミが誘拐されても、森の中をうろうろするだけで、ばけもののわらびなどがふらふらと生えても居座り続けます。そうして、誘拐された妹マミミが、「奇術大一座」の舞台に現れるのを待ちます。

＊

『同時代ゲーム』（新潮社、一九七九年十一月）の装幀は、本の体裁より、小説が持つ新しい世界をタブローにすることが先になりました。装幀するためのゲラを読み出してすぐ、「壊す人」が登場したことで、私は平行して描きかけていた一五〇号の絵に、その奇妙な名の巨人を描かずにいられなくなりました。「壊す人」が、小説の中でどんなものであるか知らずに描いていたのです。『同時代ゲーム』の絵を描いている感覚はありませんでした。昼にゲラ刷りを読み、暗くなってから絵を描いていました。

出来上がると、「壊す人」がどこからともなく指令して出来たような絵になっていくのです。『壊す人からの指令』という絵のタイトルはそのようなことからです。

装幀に使用した絵は、Ｐ一〇〇号の横長です。デッサンもしませんでした。ゲラを読んでいて、視覚的イメージを持つ箇所に赤い棒線を引いたことが、素描と同じ役割をもっていたように思います。赤い線は、ゲラ刷りの三分の一に及びました。時には、活字の上に赤鉛筆でそのまま絵を描いて。「ダライ盤」という男が、胃癌を惧れて製作する冬眠機械を具象化しました。

赤錆びたそいつが、およそ雑多なスクラップを溶接機でつないだデコボコの塊りではなくなったのである。そしてその眼は、ありとあらゆる形態の鉄板やガスボンベやドラム罐《かん》の部分を雑巾《ぞうきん》でもつぎあわせるように溶接した塊りに、旋盤で精巧に削り出されたハッチや空気穴がつくりつけられているのに気がつく。

（大江健三郎『同時代ゲーム』）

『同時代ゲーム』の「冬眠機械」がいかにも精巧で、コンピューターをそなえた科学的なものであれば、ＳＦ小説に出て来ますが、ガラクタの寄せ集めであって、それを作ることがすでに滑稽であるからこそ、私の絵画的夢想は広がるのでした。

それは、私の焼跡生活で普通に見られたものでもありましたし、寝起きするバラック造りそのものがガラクタでした。けれど誰もガラクタをガラクタと思っていなかったし、必要な素材でした。曲がった釘一本も小石で叩いて焼けトタンを壁に打ちつけました。

バラックはあちこちに出来たので、凸凹の黒い塊は生きもののようでした。

秋に移って発見したことですが、配給の干物を焼く煙がバラックに入ると、屋根の無数の釘穴からの光は金の糸のようになったのでした。ガラクタの家を懐かしむ理由です。

夜は逆で、魚油ランプ（シャケの空き缶に生臭い魚の油を入れて、小さなボロ切れをたらしただけの）暗い明かりが、屋根の釘穴から出て、夜空に向かって細い光を感じさせたのです。

便所は、秋野菜の種をまいた隅に、土を掘っただけで、焼け残りの板を二枚渡していました。私は糞尿の臭いを嫌っていました。少年の私は自分から出たものと思えないのでした。一年後の畑にトマトやキュウリ、トウモロコシやサトウキビなどが、穴だけの便所を隠し、トマトは一つで満腹するし、サトウキビを囓ると甘い汁が口にひろがり、糞尿の力に驚いたのでした。糞の尊さは夏野菜のお蔭で知りました。町は見事に焼けたので、姉が幼い娘を連れて来て、バラックで三ヵ月ほど暮らしていました。私は早朝、畑で小用を足しましたが、穴を掘っただけの便所に白いお尻が見えたのでした。月が落ちて来たのかと思ったものです。私の後ろに姉が近づいて、「朝は寒いんだね」といいました。

そうした人物や、出来事が一本一本の糸として、次第に織り上げられて行くと、布の表面に小宇宙の全体像が出現しました。主人公である、「村＝国家＝小宇宙」の歴史を語る話者の、小説の中の少年の描いた絵画として描き出されます。私はそれを忠実に再現してみようと思いました。

その全体の幅に横たわる**壊す人**の躰《からだ》を描くのが難しかった。畳を二枚あわせたほどの巨人化した**壊す人**をいったん描きあげると、それはタンク・タンクローのようで、僕の懐かしく思う**壊す人**とは似ても似つかぬものだったが、ともかくその後はやさしかった。（……）尻から片眼を剝《む》いている男や、「穴」に幽閉された裸の大女と、彼女が矮小化した姿などを、もっとも精密に描いたものだ。

（大江健三郎『同時代ゲーム』）

私はインスタントラーメンを大量に買い、一ヵ月ほど仕事場にこもりました。煙突ストーブが壊れたので、反射式の石油ストーブを買い、昼も夜も、朝までもそのストーブで暖を取り、猛烈な悪臭で目ざめると、出し過ぎたストーブの芯から黒煙が出ていて、わずかに開けた窓では空気交換できなかったらしく、仕事場は全体に灰色の雲に覆われていたのです。私はむせびながらすべての戸を開けました。そのようなことも、『同時代ゲーム』という世界の出来事のようでした。もしかしたら死んでいたのです。〈Oé さん〉がアトリエに来た時、絵だらけの真ん中にあるシングルベッドを見て、「ストイックなベッドだ」といいました。

編集者の独断で、『同時代ゲーム』の箱裏の、安部公房、武満徹の〈評〉の中に私も加えられました。

まったく新しい世界に入りこむと、あらゆる計器は使えなくなる。『同時代ゲーム』はそういった意味で、通常の指針では計れない空間に誘う。

《村＝国家＝小宇宙》の歴史が語られることで展開する今度の小説は、「悲しみについてもよく語る道化」が何人となく登場し、哄笑を強いる。そうした一つ一つのエピソードから、すじ書きからではない、何ものかによる視覚的イメージをもたらせられるのである。それは、絵を描くものの読み方ということではない。今だかつて見ない文学空間に置かれることによって生じるのだ。

この本にふさわしい言葉を、『ガルガンチュア物語』（岩波文庫・渡辺一夫訳）の「読者に」から引かせてもらう。それはどんなものにもまさると思う。

〈この書《ふみ》を繙《ひもと》き給う友なる読者よ、／悉皆《しつかい》の偏見をば棄て去り給えかし。

また読み行きて憤怒すること勿れ、／この書に禍事《まがごと》も病毒をも蔵《おさ》めざれば。

げにまことなるかな、笑うを措きては、／全きものをここに学ぶこと僅かならむ。〉

（「司修氏評」）

今や冷や汗をかくばかりの文章をよくも書いたものと思います。表紙カバーの絵と、その絵の部分を小説内に挿絵として載せたものに対して、〈Oé さん〉からの便りがありました。

こんどの僕の本の装幀の絵の全体、その部分を写真で見ました。

僕としてこのようによく読みとってくださったこと、（放尿している娘の部分など僕の後ろから見ていた image がはっきり前方から提示されて他の image 群と、たとえば大雨のそれと、積極的につらなるのに本当にびっくりして喜び）まことにありがたく興奮しました。

（……）

これは僕のゴーマンとも思われるでしょうが、しかし僕はこの装幀の絵は、あなたの新しい大きい方向づけを示しているとも思います。画家の大きい発展の、かずかずの契機のひとつたりえるほど、絵を愛する者としての喜びは他にありません。一九七九年十月二十四日

美しい Buni ＝ナンヨウゴミシの絵のあるレターペーパーは、私の不安を和らげてくれたものです。

ブリコラージュ

outside over there!

『取り替え子《チェンジリング》』に、小説として書かれたままの、吾良が撮影した少年・古義人の写真が掲載されていました。フィクションと現実が一つになってしまう写真。私は、そこに、一人でありながら二人の肖像となってしまった、光さんの肖像を思わずにいられませんでした。

コクトーの映画『オルフェ』の鏡は、死神の出入り口で、あちらからこちらへ、こちらからあちらへの通路でした。

十七歳の〈Oéさん〉の苦悩を抱えこむような表情が、鏡に映って、まさに一人でありながら二つの顔。やがて義兄となる伊丹十三が撮影した状況は、小説に詳しく書かれています。

私がコクトーの『オルフェ』を観た時期かもしれません。中卒で就職した看板店が、市内の二つの映画看板も引き受けていた関係で、県内のどの映画館にも入れる無料パスを持っていたので、自分の時間はすべて映画鑑賞でした。当時、二本立てというのが流行で、『オルフェ』と『情婦マノン』の二本立てを何度も観ています。ＶＨＳの貸しビデオ屋が流行りだしてからも。『オルフェ』は繰り返し観ました。取り憑かれたように同じ映画、同じ本を繰り返し繰り返し観る、読む癖は、焼跡での衣食住のない生活が私に植え付けたものと思います。

沈黙は後退すると、繰り返すカー・ラジオ。

……沈黙は後退する
コップ一杯の水が世界を明るくする……
鏡は思考力を増大させる

（ジャン・コクトー監督、映画『オルフェ』）

鏡がまさに水鏡となって、死神である女王は死の世界に入って行きます。その後を追うオルフェは鏡に遮られ、掌でつき破ろうとするけれど、鏡は鏡にすぎなく、オルフェは鏡に頬を押しつけ、そのまま滑り落ちると………。

『取り替え子《チェンジリング》』に挿入された少年・大江健三郎の写真はここから得て撮られたと思わされます。言い換えれば『取り替え子《チェンジリング》』の写真は、オルフェの苦悩が意識されていると知らされるわけです。

鳥は指でさえずる
くりかえす
鳥は指でさえずる
未亡人のベールは太陽の昼食

ジュピターは破滅させる者を賢くする

（ジャン・コクトー監督、映画『オルフェ』）


生と死の中間地帯を歩くオルフェと運転手。彼は世界中の鏡がここに通じているといいます。

オルフェは、詩人とは、と死の国の諮問委員に訊かれ、書くともなく書く人、と答えます。

死神が命令に背いたらどうなる？　と訊かれた女王である死神は、

［アフリカ原住民の太鼓や木々を揺さぶる風が伝えるわ／誰からも命令は受けない／私たちの意識の中にいるの／私たちはそれの悪夢なの。］と答えます。

コクトーの映像は美しく新しかった。

＊

私の、《育てかつ破壊する》と題した一五〇号の絵は、右下にいる鳥のような人物から描き出しました、大きな絵の全体を考えずに。私はそれを二週間も眺めているだけでした。画面全体のシミのようなものは、私の焼跡風景に見えたり、何種類かの種が交わった大きな動物だったり、土蔵の壁の汚れでもありました。視点を少し変えると、遠近法的な構図であったり、浮世絵のようでもありました。そこにふと、不規則な帯状の七角形に気づくと、その周辺が深い森に見えはじめました。その内側は、小説の舞台である谷間になり、豆粒ほどの人たちが働いていて、その姿が、地獄絵のワカメのような炎と鬼がいるような景色なのでした。

最初の鳥のような人物の上に、光る小さな眼のような下塗りの傷を見つけ、眼をより眼のように描き、その横に女の横顔を描くと、顔は、横たわる裸婦になり、女の陰毛を赤く燃え上がるように描きました。

七角形は、村の湖になり、森の中央が壊す人（巨人）となりました。壊す人は湖全体を抱えています。

銀座・松坂屋別館での、個展の絵のテーマは、『同時代ゲーム』でした。

大小さまざまな絵は、どれも以上のようなぐあいに出来ていきました。仕事場の四方は完成した絵で満たされました。私は描いた絵を再構築するために、自らの絵のドローイングを始めました。

『同時代ゲーム』の少年である主人公が、村＝国家＝小宇宙を描きます。細密画として描きます。それは、大日本帝国軍隊と村との五十日戦争、という神話的な展開から、現実的な物語となるさかいめで、私は同じように描けなくなりました。それを、絵を見ただけの〈Oeさん〉がこういいました。

神話的世界への想像力を多面的、綜合的に働かせて、かれ自身の《村＝国家＝小宇宙》を、それも多様に示しながら、しかし神話的世界にみずからを埋没させてしまうのとはちがう（……）

（大江健三郎「ゲームと器用仕事」『司修画集　壊す人からの指令』所収）

その欠けた部分に向けての素描が私のこれからの仕事だと思ったものです。

個展会場でのある日、来客から、「小説を題材にしたら、約束事を作ってしまうから不自由ではないか」と質問されました。私は、「今度のように自由に仕事をしたことはない、絵を描く喜びが、仕事を終わった後の疲労感に感じられました」と答えました。質問した人は、納得のいかない顔をしていましたが、絵巻物や宗教画などはどのように思いますかと訊こうとして止めました。

話は前後しますが、個展のカタログともなる私の画集を、小沢書店の長谷川郁夫さんが作ってくれました。

長谷川さんは、「おれの所は出版社なので、単なるカタログは作りたくない。あなたの画集ならやってみたい」といい、仕事場へ来てくれました。彼は、「絵を読むように、部分を何枚も見せて、絵の隅々まで眼を動かして見た満足感を持たせたい、だから、数枚の絵で一冊の画集としたい」といいました。私は大賛成でした。

長谷川さんは、なんとしても大江さんの言葉が欲しい、といいだし、私は、そのようなことを嫌う人だからといったのですが、彼は引き下がらず、〈Oé さん〉に嫌われるのを承知で、電話をしたのです。時のタイミングというものがあります。〈Oé さん〉は留守で、Oé 夫人と話が出来たので、書いてもらえたのです。

私の仕事場兼住まいは、狭山丘陵の西の外れにあり、信じがたく『洪水はわが魂に及び』の背景に似ていました。小説の冒頭、次のように描かれます。

武蔵野《むさしの》台地の西端に作られた。住宅地の高台から、アシ、ススキはいうにおよばず、ブタクサ、セイタカアワダチソウの繁茂する湿地帯への、80°勾配《こうばい》の急斜面に、すなわちけわしい崖《がけ》の根方を掘り崩して（……）

——ああいうケヤキの大木は、もともとは旧家の屋敷林として植えられたものなんだよ。まだこのあたりは、大きい地主の屋敷か、そうでなくてもあるひろがりをもった土地が原型をとどめているからケヤキもまた残っているのであって、都心に出れば、もうそれはそういうふうにはゆかないのじゃないか？

（大江健三郎『洪水はわが魂に及び』）


私は、『洪水はわが魂に及び』の表紙絵にするため、家の前の湿地を下った青梅街道周辺に残るケヤキを見てまわり、ケヤキの枝葉の塊がそのまま鯨の姿を感じる木の前で、スケッチしたのでした。

青梅街道から丘陵への道は、百メートルも辿ると野道となり、丘陵に囲まれた沼地の奥に森がありました。湿地帯には人家もなく、食用蛙が牛のような声で鳴いて、〈まむしに注意〉という木札が刺さっていました。

立川駅で〈Oé さん〉を迎え、タクシーに乗ると、〈Oé さん〉は、私の初めてのフランス旅行の一つ、リヨン近くの《理想宮》を見たことについて、どうだったといわれました。それは、郵便配達夫・フェルディナンド・シュヴァルが、四十五年の歳月をかけて、配達途中にある石を拾い、一人で造った、壮大な建造物のことでした。

〈Oé さん〉がいいました。

「どう感じましたか」

「思ったより小さかったですね」

〈Oé さん〉は、「いい見方をした」といいました。

「クロード・レヴィ＝ストロースの『野生の思考』を読んだ？」

「いいえ」

〈Oé さん〉はブリコラージュ（器用仕事）についてその語源から話され、私の仕事との関連を持たせてくれたのでした。

タクシーが私の仕事場に近づいて、「三本榎」で信号待ちしていると、道の両側にそびえる榎を見ていた〈Oé さん〉は、「美しい樹だ」と、喉の奥から滑り出すように何度もいいました。鞄の中からカメラを出し、レンズを榎に向けましたが、シャッターを切らずにしまい、運転手が外に出て撮ってもいいですよ、というと〈Oé さん〉は、

「記憶にとっておく方が確かだから」といい、大きな榎を見続けていました。榎の根元の囲い

に向かって、いいなあ、樹の周りは歩いてはいけないのですと独り言としていっていました。

「榎のことにまつわるお化けの話など、この辺りに残っていませんか」と〈Oéさん〉がいうと、運転手は「ないやねえ」といい、新青梅街道の交差点をまっすぐつっきりました。運転手は、

「幽霊が出る話は聞いたことはあるが」といいました。

〈Oéさん〉は振り返り、まだ葉の出ていない榎を見て、つぶやくように、

「いい樹だ」といいました。

《絵本》　銀河鉄道の夜

私が二〇二三年六月に上梓した本は、『私小説・夢百話』（岩波書店）と題していますが、夢を中心にしたエッセイ集といった方が正しいかと思うのです。夢そのものを語ったものもあれば、夢を構成したらしき数日前、数ヵ月前の出来事を書きましたが、一冊の本にするために読み返すと、少年時代からの経験が多く、それに支えられて書いた形跡もありました。それゆえに「夢百話」の前に「私小説」を置いたのでした。

七年ほど時間をかけて書いた短い文章の中に、武満徹さん、大江健三郎さんに関するものが多く、素晴らしい人たちの影響を受けて生きていながら、私の人生の小ささに驚くばかりでしたが、あったことはあったことです。

『図書』は、〈Oé さん〉の家に送られていくのは間違いないので、私は、光さんの思い出を意識して書きました。〈Oé さん〉への通信として。

ゴミ屋敷化した私の仕事場の、大事なものを置いておく場所が見つかって、〈Oe さん〉からの封書とはがきが数枚出てきました。その中に私の、『《絵本》銀河鉄道の夜』のことが書かれていました。

この前朝日の読書欄の小さなコラムで、あなたの絵本のことを読み、本屋に行っても見つからなかったのですが、今日奥様から私の家内に宅配便で送っていただいたのを朝早くから昼すぎまでじつに感銘して読みました。あなたの版画風の黒と白の絵が枠に囲まれているものが好きなのですが、まさにそれであふれている本を、昔の（といっても四十歳のころの記憶とともに）熱中して読んだわけです。若い時に、一度は読んでいたはずの（今度通読してそれは確かなのですが）『銀河鉄道の夜』を読むうち、やはり今度確かめましたが、ジョバンニがカムパネルラと別れることがはっきりするあたりで強い感情にみまわれて、――これは、いま読み続けることはできない！　と、本を閉じてしまいました。そして、生のおわり近く、そのようにして準備しておく本の棚に入れ（いまはその本棚も書庫をみたして、見分けがつきませんが）、そしていま、その時期が来たと感じていて、そのような本を読んでいるのですが（小説は終えたので）まさに、その読む時とジャストミートしたふうで最初から始め、あの箇所を過ぎて、読み終りました。その読書のために最良の絵本でした。感謝といろいろな思いをこめて。

『《絵本》銀河鉄道の夜』（偕成社、二〇一四年三月）は、出版社から頼まれてではなく、『銀河鉄道の夜』の絵を描きたいと思ってのことでした。三年間は模索していたと思います。いやもっと。

私はそうしている間、空襲罹災後の焼野原生活で、小さな「自由」を得た思いに浸れるのでした。また、陸軍病院から戻った兄が、悪性腫瘍のため片足を切断したまま、亡くなった時の、初めて接した肉親の死、その悲しみ。

私が三軒茶屋近くで生活を始めてまもなく接した、姉の交通事故は即死だったようですが、棺桶の中の姉の顔は白く透き通っていて、傷を修整した細いピンクの美しい線が、無慙さを感じさせ、姉が神経性で失明した一と月ほど、手を取り、姉の行きたい食堂へ、酒場へ歩き、苦労した人生をずっと聞いていたのに、健忘症に罹ったごとく忘れてしまったことなどを思い出していました。

その後、ニュースで、〈Oé さん〉が辺野古沖を視察する様子を見たり、デモで倒れたことも知りました。ネットで『琉球新報』の《戦後70年企画「大江健三郎講演会～沖縄から平和、民主主義を問う〜》(二〇一五年十一月二十三日)を見ましたが、体調が悪いのではないかと思い、命をかけているのを感じました。

私は『私小説・夢百話』の最終校締め切り寸前に、担当編集者S氏に電話して、「大江健三郎の魂に捧げる――装幀者として」と目次の前のすきまがあるならば入れてもらえないでしょうかと、相談したのでした。「魂」に捧げるのであれば、宇宙に捧げるのと同じような思いもありました。

『取り替え子《チェンジリング》』に書かれていた、少年のころの〈吾良と古義人〉の会話が記憶の底に残っていました。古義人は、松山の高校で吾良と知りあってすぐの会話は、

――ここに人間の魂というものがあって、それが肉体ともども生きてゆくわけだね? 僕の村には、こういう伝承がある。人間が死ぬ、つまり肉体としての人間が死ぬ時、魂は肉体を離れて、谷間《たにあい》の、壺の内側のかたちの空間を昇って行く。螺旋《らせん》状にグルグル廻って昇って行くというよ。その上で、自分に定められた樹木の根方に着地する。それから時がたって、いまの螺旋の向きとは逆の廻り方で下降する。それは新しく生まれて来る赤んぼうの肉体に

入るためだ。

それに対して吾良はこう応じて、これらも独特な面白さのある教養を示したのだ。

――ダンテによるとね、右廻りで山に登ることは人間にとって正しく、左廻りにというのは誤まった進み方だそうだぜ。きみの谷間から森へ昇る螺旋状の運動は、右廻りかい、左廻りかい？

古義人は祖母からそこまでは聞いていなかったので、代わりにこういうことをいった。

――それは、魂が古い肉体から出て森の樹木の根方に行くのと、新しい赤んぼうの肉体に入るのと、どちらが正しく、どちらが誤まりと考えられていたかだ。

それから、古義人はこう続けたのだった。

――こういう仕方で魂が死んだ肉体を離れるとすれば、魂自体にとってはね、死は自覚されようがないだろう？　死ぬのは肉体で、肉体の死の瞬間、魂はそこから離れてしまっているんだから。つまり魂はいつまでも生きていて、肉体の感じとる時間と空間の感覚とは別の……僕にもよくわかっていなくて、手さぐりでいうんだけれども……無限であって一瞬でもあり、全宇宙であって一点でもあるというような、別の次元の、時間と空間へ移るんじゃないだろうか？　そうすれば、魂はいつまでも死ということに気付いてない、無邪気な存在だと思うね。

（大江健三郎『取り替え子《チェンジリング》』）

というものでした。

もう一つ理由がありました。

何十回と読み返している武満徹さんの『夢の引用』（岩波書店、一九八四年）の扉の裏に、「永年の映画仲間である妻へ、感謝をこめて。」という献辞があって、このようなことを一度やってみたい、と思っていたのです。

ヨーロッパの本にはよく見かけますが、日本ではあまりありません。何か理由があるのでしょう。

私は絵を描くことを続けて生きてきました。私の勉強はすべて見ることでやってきたのだと思います。聴こえることも、匂いも、接触することも、みな視覚的イメージに変えて。絵画として表現することは、観察したものを自分の体で受け止め、どこかで歪曲しながら、ストレートに出せたのです。（思いはすべて言葉に繋がるという説を知っていますが）そのような生活を長くしてきた私は、賢治の童話の挿絵を担当したとき、何のためらいもなく描き始めたのでした。賢治の文章は、私にとって、とても絵画的であり音楽的に映ったのです。同じタイトルの童話を何回か描いていますが、（ここに言葉とは異なるものがあると思うのです。信じがたい生き物としての歴史の、人間も魚であったことなどから）そのつど違う絵が出来てしまいました。『セロ弾きのゴーシュ』『注文の多い料理店』などがそうです。それはたぶん、私の生活変化が影響したのでしょうが、やはり、賢治の物語に塗り込められた、絵の具の層の厚みから滲み出てくる変化、と言い換えた方がいいと思います。賢治の性的な悩みを岩手の原始林を歩き回ることで解消した言葉などから、森は無言の教えのある場所だったと思う私です。言葉に置き換わった時には違うものになっているという意味で。

テンペラという画法は、顔料を生卵で溶いて描きます。その材質ゆえに、百年、二百年の時が経つと、下に描いたデッサン、あるいは、別の絵が透けて見えてくるのですが、それ以上に賢治の物語は画像をいくつも見せるのです。

毎日新聞の日曜版に、賢治とクレーの絵を並べて紹介したことがあります。影響しあっているとか、似ているとかというのではなく、質的に共通している絵画だという意味で。

詩人の作品は絵画的で、画家の作品は文学的です。クレーの絵のタイトルは詩的で、音楽的です。クレーは生涯、ヴァイオリンを癒しとして弾いていました。賢治のセロと音楽好き、絵画的な童話、それだけで充分濃い繋がりを感じます。賢治の描くミミヅク、猫、でんしんばしら、花壇設計の図面、教材としての植物の根、葉脈、断面ら、どれをとってもクレーの絵と共通の構図が感じられ、芸術として描かれたのではないのに、芸術的なのです。いや、それこそ芸術といえるのかもしれませんが。

『兄のトランク』（宮澤清六著）に、空襲で焼け残ったそれらの絵のことが書かれていますが、残念なことに月夜のでんしんばしらの絵は焼けてしまったようです。蜘蛛の足のような絵は謎に満ちています。あの三つの赤い球体は何なのでしょう。雲に向かって手を上げている動物たちの絵は、まさに童話的ですが、地面から手が出ている絵と同じく、幻想絵画です。賢治の夢想は、水彩絵具を含んだ筆によって自由に描かれたのでしょう。

尖った山の頂きに、赤い日輪がかかる絵、あれはどこかで見た山の形です。しかし直に見て描いた写生画とは思えません。賢治のことですから、信仰の象徴としてとらえた風景なのでしょう。尖った山の姿は、岩手山の山頂近くから、東へ二一キロ地点の姫神山を眺めて描いたのではないかと思ったことがあります。だとすれば日輪は、東から昇った太陽です。私はスリランカの旅で巨大な日輪を見たことがあります。それは神秘的でした。賢治の『インドラの網』に書かれている太陽はこんなです。

その燃え立った白金のそら、湖の向うの鶯いろの原のはてから溶けたようなもの、なまめかしいもの、古びた黄金、反射炉の中の朱、一きれの光るものが現われました。

（宮澤賢治『インドラの網』）

姫神山は賢治の絵のように尖っています。新幹線で青森に向かっていれば右手の窓に見えます。なんであんなに尖っているのだろうと思うほど、しっかり尖っているのです。西の岩手山に対して真東にあります。岩手山が男なら、尖った山は女です。それで姫神山といわれるのでしょうか。ただし、賢治の絵のように、あんなに近づいて見られる場所は姫神山にはありませんでした。近づけば近づくほど姫神の姿は見えないのです。あれは賢治の目の望遠レンズに映った景色なのでしょう。

姫神山近くには丹藤川が流れています。散文の「丹藤川」です。ほんとに短い作品ですが、私は大好きです。のちに「家長制度」という作品になります。賢治の、盛岡高等農林学校時代の、山野跋渉における経験が土台です。賢治が十九か二十歳のころでしょう。寄宿舎で寝場所も同じ、高橋秀松が同行していました。高橋の思い出にその時の状況が詳しく語られています。

姫神山の下を通って夜道となった二人は、広い野原に出ます。そこには鈴蘭が咲き誇り、ボーッと幻想的な明かりがさしています。彼らは喜々として花の中に転げ、「今夜は松の木の下で寝ようか」と賢治がいいます。しかし松の木は見つかりません。松の木を探していると、三、四反はある耕地を見つけました。賢治は「シメタ」といい、〈畑があれば近くに人家があるはずだ〉

と、小道を辿って谷に下りますが、流れがあるばかりで人家は見つかりません。二人は川に架かる土橋の上で寝ようとしますと、川下から老人がやってきて、「オメエサンダチ、ナニシテル。こんな処で寝たら狼にやられるぞ。オラノウチサオデンセ」と声をかけられます。その川が丹藤川であるという訳です。老人が案内してくれた家は大きな曲家の一軒家でした。その辺り特有の造りです。L字型をしていて、右棟は母屋で、左棟は厩です。厩の土間は、馬の餌になる乾草が積まれ、主人以外はそこで寝るのです。「なにしにこんな山さきた」と老人に訊かれます。

「火皿は油煙をふりみだし」という『丹藤川』の書き出しの明かりは、「破れた鍋を火皿とし、脂松のたいまつを灯してランプ代りにしている」ものでした。黒い細い煙が糸のように立ちのぼっていたそうです。高橋の思い出には、息子らが帰ってきたことは記されていません。彼らは冷たい飯を食らって藁の上に寝てしまうのですが、賢治の目には無表情のいかつい男たちの哀しみが伝わるのです。「もし私がまちがったことを云ったら」彼らは賢治たちをむんずと摑んで家の外へ投げ出す力を持っているとあります。それなのに彼らの力は土を掘るだけに使われていて、父に従うしかない哀しみが表されます。宗教や家長制度に、父と違う意見を持っていた賢治が、甦ったのでしょう。台所で皿を一枚割ったらしい女は、妻なのか、娘なのか分かりません。彼女は音もなく殴られたと賢治は想像します。彼女の作った賢治たちの夕食は、米のご飯と、乾いて固い塩鮭と山菜でした。高橋は、「北上の奥地では粟、稗が常食なのに」と断っています。朝になって、彼らは昨夜の川で体を清め顔を洗います。その時、「此の流れは丹藤川の上流だ」と賢治がいいます。それで散文のタイトルが『丹藤川』となるのですが、姫神山から下りるどの道筋を辿っても、丹藤川の上流には行けないのでした。散文の意味するところから、そんな違いはどちらでもいいことですから、私はその辺りの冬の景色の厳しく、人が住めるものかと思うほどの、肌を切る寒さを感じて満足したのでした。童話ではない『丹藤川』にも、絵を感じます。賢治が歩いたであろう場所を訪ねると、さらに絵が浮かぶのです。賢治の場合は、文学散歩とはならず、岩手の森や野や畑の小道に、いまだ賢治がいて、共に歩いている感じにさせられます。崖に見えている岩があれば、『十六日』の青年のごとく、ハンマーで叩いてみたくなります。賢治の世界がまだ生きているのです。

何度も書いていることですが、宮澤清六さんの話をしない訳にはいきません。ずいぶん昔、初めて花巻を訪れ、宮澤家にお邪魔したときです。実業之日本社から刊行された『宮沢賢治童話集』のさしえを、やがて出来上がる賢治記念館のために寄贈したのでした。そのとき聞いた話です。

「もしも、賢治の周辺に、絵を描く友人が何人かいたら、彼は画家になっていたと思います。なにしろ絵が好きでよく描いていました」と清六さんからお聞きしたのです。私はその通りだと思いました。賢治の童話は絵そのものだと思うことがよくあります。「土神と狐」などは私の頭の中に絵本として広がっています。樺の木の姿、偽りを語る狐、嫉妬に燃える土神の一部始終が絵です。

イギリス海岸の近くに、クルミの木と白樺があります。太い白樺の幹の模様は、何枚もの絵を見せています。『銀河鉄道の夜』にしたってそうです。あの世とこの世の中間を走る列車の窓に映る景色は、夜の北上川の水に映る幻想かもしれません。私はイギリス海岸の浅瀬に立って、星明かりを描きました。水の流れは、まるで宇宙を走るがごとく感じさせるのです。

種山ヶ原の草原に立つと、そこはもうただの風景ではなくなって、童話の中に組み込まれ、幻想的な物語の内側から見た絵が感じられます。これも清六さんから聞いたのですが、種山で一人キャンプをしていた賢治が、あまりの淋しさに、狐でも狸でもいいから出てきてほしい、と願ったそうです。私はそれを聞いてホッとしたものです。森の動物たちと話が出来る賢治でも、闇夜の孤独にさいなまれるのかと。普通の人間である瞬間を感じたのです。

私は花巻に行くたびに訪れた種山ヶ原で、ある日、子どもたちが舞う原体剣舞《はらたいけんばい》を見たことがあります。濃霧の中での剣舞は『風の又三郎』空間を彷彿とさせました。ダーダーダーダーダースコダーダーという太鼓の音は、子どもらを「鬼」にしてしまうのです。剣舞が終わると、霧はすっかり晴れ、真っ青の空に、さまざまな形をした細かな白い雲が散乱していました。童話の中から出てもう一枚の絵を見た感じでした。

3・11後のヨーロッパで行われたチャリティーコンサートで、英訳された「雨ニモマケズ」が朗読され、大きな感動を呼んでいると聞きました。

ぬりえ絵本『雨ニモマケズ』（偕成社）は、詩の一行を一枚の絵にしていきました。猫の目が四つあるおばけのような絵は、目の中にそれぞれ、時間の異なる時計があります。左からヒロシマ、ナガサキ、阪神淡路大震災、東日本大震災に関わる時間です。ぬりえをしてもらいながら賢治の詩が心に入っていくことがあるなら、という思いがありました。

宮澤賢治が生まれた一八九六（明治二十九）年八月二十七日から五日経った八月三十一日午前五時、東北地方に大地震が起こり、地面が波のように揺れて、二十歳であった賢治の母イチは、えじこ（赤児を育てるために入れる籠）の中の賢治をかばうため、えじこをしっかり抱え、乗りかかって念仏を唱えていたといいます。

岩手日報の前身『巖手公報』八月二十五日の記事に、「怪しからぬ地震――一昨日午後三時四十五分頃に俄然地軸を動かし来る震動を皆人の知る処なるが実に二十年来に之れ無き地震にして外に畑働きのものさえ地響に足打たれしなりと同日午後八時過にも大砲の如き音地に響きて聞え又昨日午前九時にも前同様の大地震ありたり。」とあります。

この時の陸羽大地震は岩手県より秋田県に被害が大きかったといわれています。

賢治が生まれる前、まだお母さんのお腹にいた明治二十九年六月十五日、三陸地方にマグニチュード八・二の大地震が起こり、記録的な津波が襲いました。海水を持ち上げたマグニチュードは八・六であったといいます。青森県八戸付近から宮城県女川辺りまで悲惨を極め、流出、全半壊家屋一万戸余、死者二万一九五九人にのぼり、農作物は全滅しました。岩手県下閉伊郡重茂村姉吉は十二戸程度の漁村でしたが、全戸流出してしまい、幸いにも生存者が二名いたのでした。

釜石では全市街家屋流失して、破砕された家屋の残がいが地面に重なり、歩くこともできなかったのです。釜石の郊外には不潔な水が溜まり、災害の翌日、喉の渇きを我慢できない人たちがそれを飲み、たいがいは死んでしまったといいます。『巖手公報』(一八九六年七月三日)によると「災害後、生き残った人の中には失望落胆の末、到底今後の見込みがないとして続々他県へ退転するものがあ」ったようです。

命が助かった人たちの中には家族や親戚の人たちを失い、家を失い、職を失い、明日からどうやって生きて行くのか、絶望的になった者が多く、それでも町の有志の人たちが釜石の将来のために町に残ってくれるよう説得して歩いたと記録されています。

3・11より百十五年前の津波を思うと、「怪しからぬ原子力発電所設置」という記事を読んだような思いになりました。過去の大洪水を語る時、識者は千年前のことを持ち出しますが、原発事故はしかたがなかったとするためではないかと思いたくなることがありました。

3・11後の八月、ラジオで「いのち」をテーマにした番組があって、医療の専門家が、福島在住の少女の不安について答えていました。専門家は、すみやかに放射性物質の除染をして、定期的に放射線測定をしていけば、いま抱えている不安を解消できる、というようなことをいっていました。アナウンサーが少女にマイクを向けて、「どうですか」というと、少女は長く沈黙したままでした。テレビと違い、ラジオの沈黙は長く感じたものです。

「やっぱり不安です」と少女は答えました。私は鳥肌が立つほど少女の答えに感動しました。沈黙の間、少女は、結婚して家庭を持ち、子どもを産むことまで考えたのではなかったかと。専門家は、「必要以上に不安を持たないように」と助言していました。専門家のいうことは何かへんだと私は思いました。

意外な賢治と現代文学の関係、そこに作家・大江健三郎がいたのでした。

『「最後の小説」』（一九八八年　講談社）という本のオビに、「文学と社会―その本質と状況を

明視する　作家的パフォーマンスの全体像」とあるように、この本は、〔〔エッセイ〕＋〔評論〕＋〔戯曲・シナリオ草稿　革命女性《レヴォリュショナリ・ウーマン》２００枚〕〕と書かれていました。「革命女性《レヴォリュショナリ・ウーマン》」の中に賢治の思想が色濃くうたわれているのです。『農民芸術概論綱要』が、「革命女性《レヴォリュショナリ・ウーマン》」の思想として示されます。

それでいて私は、マルクス・レーニン主義の綱領のことはあまり熱心に学ぼうとはしなかったと思います。私がこれから行くところで粛清されるかも知れない、と考えた、いまもそう考えている、それが第一の理由ですね。しかし仕方がないと思います。私はいま自分の綱領をかかげているんですから。私がどのような綱領をかかげているかというと、それはね、こちらは綱要ですが、宮沢賢治の『農民芸術概論綱要』なんです。私は宮沢賢治のことは本当にわずかしか知らないんですけど、それでも私は次の綱要をね、マルクス・レーニン主義の綱領のどんなものよりもはっきりと自分の心のうちにかかげているんです。暗誦してみますね。

《おれたちはみな農民である　ずゐぶん忙がしく仕事もつらい／もつと明るく生き生きと生活をする道を見付けたい／われらの古い師父たちの中にはさういふ人も応々あつた／近代科学の実証と求道者たちの実験とわれらの直観の一致に於て論じたい／世界がぜんたい幸福

にならないうちは個人の幸福はあり得ない／自我の意識は個人から集団社会宇宙と次第に進化する／この方向は古い聖者の踏みまた教へた道ではないか／新たな時代は世界が一の意識になり生物となる方向にある／正しく強く生きるとは銀河系を自らの中に意識してこれに応じて行くことである／われらは世界のまことの幸福を索《たづ》ねよう　求道すでに道である》。

（大江健三郎「革命女性《レヴォリュショナリ・ウーマン》（戯曲・シナリオ草稿）」『「最後の小説」』所収）

「革命女性《レヴォリュショナリ・ウーマン》」は、刑務所から救出される設定で、成田からアンカレッジまでの飛行機に乗るのですが、彼女は独房で『銀河鉄道の夜』のことばかり考えていたので、独房から旅客機内に滑り込む幻想を、ジョバンニとカムパネルラが銀河鉄道で出会うように描かれます。それはまたジョバンニとカムパネルラが別れることにもつながりますが、カムパネルラの犠牲は悲しみではなく、力づけられるのです。

あまり熱心に宮沢賢治のことばかり考えていたので、その作品の人の世界を夢に見たこともありました。月夜に私の独房の外側への、夢ではそのまま塀の外への、抜け穴として丸い扉が開かれていて、そこにきれいな子供たちがふたり立っているのね。『銀河鉄道の夜』の子供たちでした。……そのような夢を見つづけてきて、いま突然現実に外側への扉が開かれてみると、その外側への道はこの飛行機につうじていたし、制度としては、中継ぎの空港に降りている今も、まだ飛行機に乗ったままでいるわけです。それで、いまさっきあの扉からきれいなエスキモーの子供たちふたりが入って来た時には、私のなかのまだその夢にひたされている部分が、ビクリとしました。なかの背の高い伸びのびした子供が、もうひとりのおとなしそうだけど、しっかり者らしい子供に、《ぼくずいぶん泳いだぞ》と話しかける声が聞えてきたようでした。夢のなごりをくっつけて脇で聞いている私は、ああ、この子は水に落ちて四十五分どころか、十年もたってしまったのに、《もうだめです》ということじゃなかったんだ、と力づけられるように思ったんです。あなたが『銀河鉄道の夜』を繰りかえし読んで、いちいちの会話を覚えているような人でなければ、こんなこと話しても、よく意味がつたわらないかも知れませんけれど……

（大江健三郎「革命女性《レヴォリュショナリ・ウーマン》（戯曲・シナリオ草稿）」）

「『銀河鉄道の夜』を繰りかえし読んで、いちいちの会話を覚えているような人でなければ、こんなこと話しても、よく意味がつたわらないかも」という言葉は、『銀河鉄道の夜』を読んでくださいといっているようなものです。このように戯曲の通奏低音として賢治が流れています。「革命女性」がアンカレッジ空港に待機するジャンボ・ジェット機を破壊するために男の運転する車に乗りこむ時、『風の又三郎』のあの風の音を朗唱するのです。

《どっどど　どどうど　どどうど　どどう／青いくるみも吹きとばせ／すっぱいくゎりんも吹きとばせ／どっどど　どどうど　どどうど　どどう／どっどど　どどうど　どどうど　どどう。》

（出典・宮澤賢治『風の又三郎』）

〈Oéさん〉の、「あの箇所を過ぎて」にあたる『銀河鉄道の夜』のラストシーンを書き写します。

ジョバンニはあゝと深く息しました。

「カムパネルラ、また僕たち二人きりになったねえ、どこまでもどこまでも一緒に行こう。僕はもうあのさそりのようにほんとうにみんなの幸《さいわい》のためならば僕のからだなんか百ぺん灼《や》いてもかまわない。」

「うん。僕だってそうだ。」カムパネルラの眼にはきれいな涙《なみだ》がうかんでいました。

「けれどもほんとうのさいわいは一体何だろう。」ジョバンニが云いました。

「僕わからない。」カムパネルラがぼんやり云いました。

「僕たちしっかりやろうねえ。」ジョバンニが胸いっぱい新らしい力が湧《わ》くようにふうと息をしながら云いました。

「あ、あすこ石炭袋《ぶくろ》だよ。そらの孔《あな》だよ。」カムパネルラが少しそっちを避《さ》けるようにしながら天の川のひとところを指さしました。ジョバンニはそっちを見てまるでぎくっとしてしまいました。天の川の一とこに大きなまっくらな孔がどほんとあいているのです。その底がどれほど深いかその奥《おく》に何があるかいくら眼をこすってのぞいてもなんにも見えずたゞ眼がしんしんと痛むのでした。ジョバンニが云いました。

「僕もうあんな大きな暗《やみ》の中だってこわくない。きっとみんなのほんとうのさいわいをさがしに行く。どこまでもどこまでも僕たち一緒に進んで行こう。」

「あゝきっと行くよ。あゝ、あすこの野原はなんてきれいだろう。みんな集ってるねえ。あすこがほんとうの天上なんだ。あっ、あすこにいるのぼくのお母さんだよ。」カムパネルラは俄《にわ》かに窓の遠くに見えるきれいな野原を指して叫《さけ》びました。

ジョバンニもそっちを見ましたけれどもそこはぼんやり白くけむっているばかりどうしてもカムパネルラが云ったように思われませんでした。何とも云えずさびしい気がしてぼんやりそっちを見ていましたら向うの河岸に二本の電信ばしらが丁度両方から腕《うで》を組んだように赤い腕木をつらねて立っていました。

「カムパネルラ、僕たち一緒に行こうねえ。」ジョバンニが斯《こ》う云いながらふりかえって見ましたらそのいままでカムパネルラの座《すわ》っていた席にもうカムパネルラの形は見えずただ黒いびろうどばかりひかっていました。ジョバンニはまるで鉄砲玉《てっぽうだま》のように立ちあがりました。そして誰《だれ》にも聞こえないように窓の外へからだを乗り出して力いっぱいはげしく胸をうって叫びそれからもう咽喉《のど》いっぱい泣きだしました。もうそこらが一ぺんにまっくらになったように思いました。

（……）

ジョバンニは眼をひらきました。もとの丘《おか》の草の中につかれてねむっていたのでした。胸は何だかおかしく熱《ほて》り頬《ほほ》にはつめたい涙がながれていました。

ジョバンニはばねのようにはね起きました。町はすっかりさっきの通りに下でたくさん灯を綴《つづ》ってはいましたがその光はなんだかさっきよりは熱したという風でした。そしてたったいま夢《ゆめ》であるいた天の川もやっぱりさっきの通りに白くぼんやりかゝりまっ黒な南の地平線の上では殊《こと》にけむったようになってその右には蠍座《さそりざ》の赤い星がうつくしくきらめき、そらぜんたいの位置はそんなに変ってもいないようでした。

ジョバンニは一さんに丘を走って下りました。まだ夕ごはんをたべないで待っているお母さんのことが胸いっぱいに思いだされたのです。どんどん黒い松《まつ》の林の中を通ってそれからほの白い牧場の柵《さく》をまわってさっきの入口から暗い牛舎の前へまた来ました。（……）

「ジョバンニ、カムパネルラが川にはいったよ。」

「どうして、いつ。」

「ザネリがね、舟の上から烏うりのあかりを水の流れる方へ押《お》してやろうとしたんだ。そのとき舟がゆれたもんだから水へ落っこったろう。するとカムパネルラがすぐ飛びこんだんだ。そしてザネリを舟の方へ押してよこした。ザネリはカトウにつかまった。けれどもあとカムパネルラが見えないんだ。」

「みんな探してるんだろう。」

「あ、すぐみんな来た。カムパネルラのお父さんも来た。けれども見附《みつ》からないんだ。ザネリはうちへ連れられてった。」

ジョバンニはみんなの居るそっちの方へ行きました。そこに学生たち町の人たちに囲まれて青じろい尖《とが》ったあごをしたカムパネルラのお父さんが黒い服を着てまっすぐに立って右手に持った時計をじっと見つめていたのです。

みんなもじっと河を見ていました。誰《たれ》も一言も物を云う人もありませんでした。ジョバンニはわくわくわくわく足がふるえました。魚をとるときのアセチレンランプがたくさんせわしく行ったり来たりして黒い川の水はちらちら小さな波をたてて流れているのが見えるのでした。

下流の方は川はば一ぱい銀河が巨《おお》きく写ってまるで水のないそのまゝのそらのように見えました。

ジョバンニはそのカムパネルラはもうあの銀河のはずれにしかいないというような気がしてしかたなかったのです。

けれどもみんなはまだ、どこかの波の間から、

「ぼくはずいぶん泳いだぞ。」と云いながらカムパネルラが出て来るか或《ある》いはカムパネルラがどこかの人の知らない洲にでも着いて立っていて誰かの来るのを待っているかというような気がして仕方ないらしいのでした。けれども俄《にわ》かにカムパネルラのお父さんがきっぱり云いました。

「もう駄目《だめ》です。落ちてから四十五分たちましたから。」

ジョバンニは思わずかけよって博士の前に立って、ぼくはカムパネルラの行った方を知っていますぼくはカムパネルラといっしょに歩いていたのですと云おうとしましたがもうのどがつまって何とも云えませんでした。すると博士はジョバンニが挨拶《あいさつ》に来たとでも思ったものですか、しばらくしげしげジョバンニを見ていましたが
「あなたはジョバンニさんでしたね。どうも今晩はありがとう。」と叮《てい》ねいに云いました。

ジョバンニは何も云えずにたゞおじぎしました。

「あなたのお父さんはもう帰っていますか。」博士は堅《かた》く時計を握《にぎ》ったまゝ、またきゝました。

「いいえ。」ジョバンニはかすかに頭をふりました。

「どうしたのかなあ。ぼくには一昨日《おととい》大へん元気な便りがあったんだが。今日あたりもう着くころなんだが。船が遅《おく》れたんだな。ジョバンニさん。あした放課後みなさんとうちへ遊びに来てくださいね。」

そう云いながら博士はまた川下の銀河のいっぱいにうつった方へじっと眼を送りました。

ジョバンニはもういろいろなことで胸がいっぱいでなんにも云えずに博士の前をはなれて早くお母さんに牛乳を持って行ってお父さんの帰ることを知らせようと思うともう一目散に河原を街の方へ走りました。

（宮澤賢治 作、司修 画『《絵本》銀河鉄道の夜』）


私は、『取り替え子《チェンジリング》』全体に感じられる、「吾良」の自死と、「吾良」を思う「古義人」との関係を、『銀河鉄道の夜』を抜きに考えられなくなりました。本の形を考える一読者である私の、迷路にはまる悪い癖なのでしょうか。

「カムパネルラ、僕たち一緒に行こうねえ。」ジョバンニが斯《こ》う云いながらふりかえって見ましたらそのいままでカムパネルラの座《すわ》っていた席にもうカムパネルラの形は見えずただ黒いびろうどばかりひかっていました。ジョバンニはまるで鉄砲玉《てっぽうだま》のように立ちあがりました。そして誰《だれ》にも聞こえないように窓の外へからだを乗り出して力いっぱいはげしく胸をうって叫びそれからもう咽喉《のど》いっぱい泣きだしました。もうそこらが一ぺんにまっくらになったようにに思いました。

（宮澤賢治 作、司修 画『《絵本》銀河鉄道の夜』）

ミクロコスム

私は本の装幀をたくさんやって生きて来ましたが、装幀の専門家ではありません。絵を描いて生きていくために、なんでもやって来たことの一つで、山之口貘の詩が好きな理由でもあります。〈鼻のある結論〉はその一つ。「鼻はその両翼をおしひろげてはおしたたんだりして　往復してゐる呼吸を苦しんで」います。

詩人がどんなに詩人でも　未だに食はねば生きられないほどの
それは非文化的な文明だつた
だから僕なんかでも　詩人であるばかりではなくて汲取屋をも兼ねてゐた
僕は来る日も糞を浴び
去《ゆ》く日も糞を浴びてゐた
詩は糞の日々をながめ　立ちのぼる陽炎のやうに汗ばんだ

ああ
かかる不潔な生活にも　僕と称する人間がばたついて生きてゐるやうに」
（「鼻のある結論」『山之口貘詩集』所収）

私は、「絵かき」という食えないことがあたり前の職業を選んでしまったのだから、さまざまな仕事をしなければなりませんでした。何でもかんでもやれる仕事はやりました。バタツイテ生きていたのです。

マルチと馬鹿にする人もいました。「あなた、絵も描いてるんだ」とようやく気づく人もいました。生活するために始めた本の装幀は、著者が有名なので、本造りを手伝った私も「偉そうに」思われたのかもしれません。「装幀家」と「家」がついたりしましたが、私は「絵かき」として文章も書いているのです。「絵かき」が文章を書くということは、おちぶれた道楽息子に似ています。

装幀をするための本読みは、はじめアダージョで深い意味など探らずにお終いまで。四、五日経って、しおりとメモ帖を横にアンダンテ読みします。

『晩年様式集《イン・レイト・スタイル》』を読み始めるとすぐに、「三・一一」、あの日の、「破壊された仕事場兼寝室と書斎」の状況が語られます。
あの日、国会図書館で二万冊もの本が崩れ落ちたニュースを聞きましたが、私の仕事場はもともと大々的に床が抜けているのに、ゆーらりゆらりと揺れ続けるだけで、一冊の本も落ちなかったのでした。家を出て道に立っている間、大地は生き物の背のごとく動いていました。

「三・一一後」、すでに百日がたっているが、あるきっかけから、それらの日々自分のやっていた事柄が筋道だって思い出せないことに気付いている。老年性の疾患が、脳に到ってのことかと（驚きというより静かな諦めとともに）、気を廻したほどだ。

（大江健三郎『晩年様式集《イン・レイト・スタイル》』）

と続く『晩年様式集《イン・レイト・スタイル》』。
この文章を書いていて私の老年性疾患と思える記憶の問題がたびたび起こりました。三百枚を越えた文章を読み返すと、大幅な繰り返しのあることに驚くのです。パソコンが壊れて新しくしたので、そのせいかと思うのですが、老年性のボケを意識せずにはいられません。
年に二度の消化器科の検査では、ポリープを切り取っての精密検査で、胸をなでおろす一年一年でした。膀胱ガン手術は二度経験しました。何回の手術に耐えられるかが、私の命を左右するようになり、私の近くに死神がうろうろしている感覚も身につけました。台所と冷蔵庫が離れている関係で、十歩歩いて扉を開けてから、さて何を取りに来たのかと途方にくれることたびたびです。

ですが救われるのは、窓の外の森のへりの、樹木の四季おりおりの変化です。そこへ各自のテリトリー時間を守り、餌を食べに来る小鳥たちがやって来て結ばれ、歓喜する声を聴くと、私も、ふと生きていると思うのです。耳を塞ぐほど大声で鳴いていた蟬たちの死骸のいくつかが、枯葉の下から出て来ることもあります。私は、「生きたんだ」と感動します。

そうして、二〇一一年の短い日記を思い出し、手帳を探して蟬を書いたページを開きました。蟬の短い一生とあの生命力に満ちた啼き声。網戸にはりついて啼くと、部屋中に響き渡ります。〈いくつかの窓のそばに立つと、虫の啼き声も変る。夜、啼き通して相手に気づかせ、どこまで命を確かめるのか。相手は音の振動をどう感じ取るのか。蟬も激しく啼き続ける。気づくとあちこちで死んでいる。長い地下生活者として自然の驚異を逃れた経験からか。宇宙人に征服されたことがあったかのような、まるで核戦争後に生き延びたかのような一週間の叫び声。

鶴ヶ島のお茶から高濃度の放射線が検出され、出荷停止になった。私の住んでいるところからたいして遠くない。ここにも高濃度の放射能は落ちてくる、市ではガイガーカウンターを貸し出

している。〉

『晩年様式集《イン・レイト・スタイル》』の数ページを読んだだけで私は二〇一一年に戻されてしまいました。続いて、装幀のヒントとなる「ダックノート」、それも「無地のズック」という材質までが語られます。

数年前店頭に積んであるのをひとまとめに購入した「丸善のダックノート」の残り一冊を膝に乗せて（それはダックという呼び名どおり無地のズック地で堅固に作られていて、いかにも老年の手仕事にふさわしい）、どうにも切実な徒然《つれづれ》なるひまに、思い立つことを書き始めた。友人の遺書は〝On Late Style〟つまり「晩年の様式について」だが、私の方は「晩年の様式を生きるなかで」書き記す文章となるので、〝In Late Style〟それもゆっくり方針を立ててではないから、幾つものスタイルの間を動いてのものになるだろう。そこで、「晩年様式集」として、ルビをふることにした。

（大江健三郎『晩年様式集《イン・レイト・スタイル》』）

私は、雑誌連載時に読みましたが、ジャーナリストに配るための、白い見本のような本を読んでいました。

私は、文中にある「丸善のダックノート」という「もの」を見たくなったのでした。本になると隠れてしまう表紙は、「もの」として大切なのですが、デザインではあまり重要視されなくなりました。カバーがデザインの顔になって、表紙はアレバイイスタイルとなったのです。私は隠れてしまう表紙を大事にします。

担当編集者Y氏に電話して、「まだどうするかわからないけど、丸善のダックノートを一冊買って送ってもらえますか」とお願いしました（それは私にとって「事件」といってもいいことに発展しました）。Y氏から、丸善では絶版になっていたので、大江先生に相談したら、手元にあるものを、私に送ることになったと電話がありました。すぐに〈Oe さん〉からの荷が届いたので開くと、丸善のダックノートでしたが、そこには一冊の本を書くための大量のメモ、各章の書き出し、ノリ付けしたものしないものなど新聞切り抜き、雑誌の切り抜き、その他さまざまな資料となるものが入っていました。ある意味で見てはならないものである「丸善のダックノート」なのでした。私は十ページほど開いてノートを閉じました。その時ヒラリと、小さな新聞切り抜きが落ちたのです。紹介記事は、カラー図版入りの浮世絵秘画でした。私は江戸時代の秘画集を持っていたので、その程度では驚きませんでしたが、その紙切れに「ノートを見てはいけないよ」といわれたように思ったのです。それからY氏が来るまでの一週間、買い物に行く時、友人との飲み会へは、「丸善のダックノート」をリュックに入れて行ったものです。

しかし、「もの」が決まれば造本のための地図が手に入ったようなものです。ある出版社の社長は、自社本の装幀をしていましたが、まず、表紙の素材を選び、本のイメージを決め、カバーデザインに移る方法で、美しい造本を手がけていました。

〈Oéさん〉の、本の装幀の基本となる言葉が、『渡邊一夫装幀・画戯集成』の「渡辺先生の本造り」に書いてあります。

> 装幀のための文字や画のレヴェルでというより、一箇の「もの」として本を造る仕方を強調する理由はある。中野重治自身、いみじくも現物に即いての判断ということを書いているが、僕には先生の装幀が「もの」としてできあがった本の、その全体について想像することからつねに出発したと考えるからである。先生の本造りでは、本の表紙や本文の紙の質、製本の仕方が、本の内容、筆者の人間と思想と等価の意義を主張する。そしてそこに僕が、先生の装幀の前期、中期、後期と分ける理由が根ざしているのである。
>
> （大江健三郎「渡辺先生の本づくり」、串田孫一監修『渡邊一夫装幀・画戯集成』所収）

「渡邊一夫先生」は、「装幀者・六隅許六」になることがありました。六隅許六というペンネームについて「渡邊一夫先生」が明かしています。

「一種のアナグラムであり、「ミクロコスム」（小宇宙）という字を組み替えると、「ムスミコロク」になる」というわけです。

「渡邊一夫先生」は、大学から家に帰られると「六隅許六」氏となって、奥様が使用されていた「もの」、食卓に並んだ食器やワインの瓶、掃除洗濯で使用したバケツ、洗面器、箒、漬物桶、洗濯竿に干されたタオル、浴衣、下着、洗濯桶、包丁、鍋、ゴム手袋、籠に盛られた果物、などなどを板に彫り彩色されています。

『老妻礼賛』と題された彩色レリーフの素材は、「渡邊一夫先生」のお母さんが愛用していた裁縫のへら台らしく、レリーフのまん中にある果物籠の下の扉をあけると、「わが老妻のやや若き日の肖像」が出て来る仕掛けです。鑿で彫られた「もの」たちは「すべてこれまで彼女の厄介になったものを表して」いるのでした。「六隅許六」氏は、「ひまな時には日曜大工らしいことをして遊んでいる」と書いていますが、レリーフ全体を見ると、「もの」は独立した「形」として、カンディンスキーの抽象画のごとき美が立ち上がるのです。

「六隅許六」氏の装幀も、『老妻礼賛』と同じ感覚で生まれたようです。

一貫した主張は何もないのですから、全く出たとこ勝負で、実に勝手極まるインスピレーションを活用いたします。何か面白い古版画などを思い出しますと、それを使いますし、何も頭に浮ばぬ場合には、白紙に、無闇と線を引いては眺め、眺めては線を引いて、何か映像をつかまえようと努力します。それだけに、折角よいと思った版画が、表紙へうまく納まらぬ時、或は、線の叢から少しも気に入った映像が浮びあがらぬ場合などには、ただただやきもきするだけで、それこそ冷汗が流れ出ます。特に約束した期日が迫っている時などには、ほんとうに情なくなり、石胎 stérilité のみじめさをしみじみ味わうくらいであります。

（……）

白紙に無数の線を引いて、何か面白い線は？　と考える折には、西洋の正式の製本に見られるような表紙右側上下隅の二等辺直角三角形の底辺に当る線や、左側に上から下へ引かれる直線を気まぐれに変形させることを念願します。しかし、これはなかなかむつかしいので、あまり成功いたしません。線や色の組み合せなどの点で、比較的うまくいったと思われる例は、まだ二つぐらいしかありませんが、それも、自分でそう思っているだけの話で、友だちがあまりほめてくれませんので、ひどく自信がなくなりました。全くの独角力であります。

折角、装幀の原画を作りましても、出版書肆の努力が払われぬ場合にはえらいことになります。

（……）

僕は装幀用のペンには、平素使っているペンを使います。色彩は、目下のところ、コンテとパステルでつけます。コンテのつややかなやわらかい黒は、印刷ではなかなか出ませんし、パステル線の面白いかすれ方は、なかなか活用できないもののようです。そろそろペンやパステルでは、どうにもならなくなりましたから、水彩絵具と筆とを使ってみようかと思うこともありますが、十分に筆も絵具も使えませんので、未だに所謂快心の作、即ち自惚の作はできません。昔のように美しい鳥の子や雁皮などをふんだんに使えるようだとよいのですが

（……）

（渡辺一夫「装幀と僕」）

「六隅許六」氏の装幀への思いは、涙がでるほど私に伝わって来ます。その線や、色や、形にフランスを感じます。中世の木版画の魅力を感じます。また、沢山の水彩画の一枚、「桜の実の熟するとき」というシャンソン・タイトルのような水彩画に私は惹かれました。タイトルの説明に、「桜の実の熟するとき　1968・5・2　淡彩　1965年のわれらがパリ到着の記念日」とあるのです。真っ赤に熟した百個以上のサクランボ。その一つ一つ表情をもたせて描いた水彩画は、現代アートの作品かと思うほど新鮮でした。

『渡邊一夫装幀・画戯集成』は、「渡邊一夫先生」が亡くなられてから編集刊行されたものです。「六隅許六」氏が一九七〇年九月に完成させた石の彫刻「城Ⅲ」は、〈大江太守城〉と命名され

ています。ロウ石を彫ったように見えますが、その細やかな造りは、信じがたい制作時間を感じます。「大江太守」はご想像のごとく作家・大江健三郎です。
「六隅許六」氏の書かれた《大江太守城縁起》にはこうあります。

grand-Due は、太守にても大公にても支障なし、無可有國の太守大公は、堯舜に優るとも劣らず、されば、大江太守の呼號するに些かも危惧することなかるべし。
の旗印は、Oé 二字と組み合はせたるのみ。
に見らる、青白の二色には、深き由緒あり、F・ラブレイ師の夢想せるガルガンチュワ王の當色紋所を出典とす、青は、空と神々しきものとを、白は、歡喜愉樂を表す。（ガルガンチュワ第十章）
大江太守の盾型紋章としては、フランソワ一世紋所にあやかりたり、中央の赤き焰中に泰然たるは、火焰を食とし、いかなる劫火にも燒かるること斷じてなき傳説中の靈獸サラマンドル SALAMANDRE なり。フランソワ一世は、この靈獸模様を愛し、その宮殿、調度の類にこれをあしらはしめたり。紋章用語として、このサラマンドルを包む火焰のことを、PATIENCE（忍耐・忍苦）と呼ぶならはしなり、深き含蓄ある語ならずや。
NUTRISCO ET EXSTIGUO も、フランソワ一世の標語にして、サラマンドルの性《さが》と結

びつく意なるは勿論なれど、往昔の王公の野望をも秘めたるは勿論なり、直譯すれば、「我れは養ひ（はぐくみ）、また我れは消す（滅ぼす）となれど、大江太守の高き志操と深き思慮によつて、このましきものを掬育し、邪なるものを絶滅せしむるの義に解するを恃む。

六十九翁戯書
草狗
曝骨 印

行き暮れて道のみ白し破れ草履

一九七〇年九月初旬

乞笑納
大江健三郎學台

（渡辺一夫「大江太守縁起」）

大江健三郎像としての〈大江太守城〉は、どのような美術様式でも表し得ないものを感じます。［大江太守の盾型紋章としては、フランソワ一世紋所にあやかりたり、中央の赤き焔中に泰然たるは、火焔を食とし、いかなる劫火にも燒かるること斷じてなき傳説中の靈獣サラマンドル

SALAMANDRE なり。」というように。

私は、「六隅許六」作「大江太守城」を画戯集で見て、『晩年様式集《イン・レイト・スタイル》』の本のどこかにこの小宇宙を入れたいと思いました。「城」は、三つの塔の三角屋根が薄い朱のみで、あとはロウ石と思われる素材そのものです。

時は異なりますが、私は、第二次大戦中、マルセイユ日本領事館で書記をしていた画家の足跡を追って、ペルピニャンに滞在している時、カルカソンヌ城のレストランホテルに泊まったことがありました。そこで「大江太守城」の城門とそっくりなのを見た記憶があります。二つの円筒型塔に挟まれた門。〈大江太守城〉全体を支える頑丈な岩の一部は、ガウディのグエル公園下の回廊のような造りです。私は、リヨン近くの小さな村にある、郵便配達夫・シュヴァルの、郵便配達をしながらこつこつと完成させた、パレ・イデアルも思い出しました。シュヴァルのブリコラージュ、それは「六隅許六」氏の「あそび」と同質です。

「六隅許六」氏の装幀は独特です。たくさんある一冊に、大江健三郎著『われらの時代』（中央公論社）があります。

作家・大江健三郎が二十三歳の時に書き下ろした『われらの時代』の装幀は、すべて手書き文字、ペン画は、セピア一色、大きく描かれた十字架の頭はくじかれて右側に傾き、（壊れた十字架側からすれば左に傾き）十字の左側には破られた穴、（壊れた十字架側からすれば左が破られ）その右側は折れ、落ちる寸前で止まっています。十字の支柱の右側は抉られ、死者の葬られた土の盛り上がりの中央に立っています。その背景の地平線上に、見開かれた眼が宇宙船のように浮いているのが印象的です。それはそのころまだめずらしいＳＦ的雰囲気があります。

盛り土の中に、「Oë Kenzaburo Notroe Epoque 中央公論社」と、筆跡を隠すかのように書かれ、タイトル文字も誰が書いたのか分からないようなデザインです。二十三歳〈Oé さん〉は、「六隅許六」氏を、「渡邊一夫先生」とは知らずに依頼したようなのでした。

表４は壊れた十字架が線描になり、主柱の下方は大きな穴が空き、その下に1959と数字とは思えない美しい形があります。しかも、穴だらけの十字架を支える細い棒が右側に描き足されています。壊れた十字架の左は折れてたれ下がり、頭も崩れて左側でようやく落ちずにいるのです。十字架にすればそれは右側になるので、鏡に映った姿と実物とどちらをとるか、あるいは両方であるのか、読者に投げ出されているものです。シンプルでおしゃれな本です。

装幀・画戯

『晩年様式集《イン・レイト・スタイル》』の装幀を考える私は、「最後の小説」というイメージの強い作品であるから、作家にとって大切な人々が、いつも側にいる「もの」にしようと思ったのでした。まず、武満徹の楽譜をデザインした、『「雨の木」を聴く女たち』の表紙に使用。武満徹さんの自筆楽譜。それを写真撮りして、カバーに使うと決めました。武満さんは、「空の怪物アグイー」の主人公である音楽家のモデルです。そのような人に囲まれた本、という全体イメージが浮かんだのです。

『渡邊一夫装幀・画戯集成』の布箱は、麻地で、「丸善のダックノート」に似ています。箱を四方に開くと十字の形になり、中央に原書の一ページ。その左右のページには、書き込みがびっしり、黒と朱のインクで埋めつくされています。〈装幀・串田孫一・串田光弘〉。

私は、『晩年様式集《イン・レイト・スタイル》』の見返しもこれだと決めました。

その本の後記（串田孫一）に、「渡邊一夫先生」のお人柄が感じられる、フランス語で読んだ本の余白について、が書かれていました。

本の余白には調べたことをどしどし書込むこと、書く場所が足りなければ、その頁に紙を貼って書くことも教えられましたし、葉書大のカードを用意して、一つの単語について新しい用法に巡り合えばそれを書くことなども勧められ、そのためのカードは何処の文房具店のがよいということまで教えて下さったのです。

（串田孫一「後記」『渡邊一夫装幀・画戯集成』所収）

〈Oé さん〉の読書の方法に、「本の余白には調べたことをどしどし書き込む」を感じていた私は、こういうことだったのだと思ったものです。

『懐かしい年への手紙』のゲラ刷りが出版社から届くころ、〈Oé さん〉から『世界古典文学全集35 ダンテ』（野上素一訳）が郵送されて来ました。私も持っていたので、同じ本が二冊になりました。『ダンテ』を読んだのは、野上素一訳・編『ダンテ神曲　詩と絵画にみる世界』を詳しく知るためでした。私は地獄界の絵に惹かれていました。日本の絵巻物でも地獄絵に惹かれていましたが、私の行き着く所は天上界より地獄と思っていてのことかもしれません。

〈Oé さん〉から頂いた『神曲』のあちこちに、薄い赤鉛筆の傍線が引かれていました。『懐かしい年への手紙』に関連した箇所と思うと、緊張して読んだものです。第七歌の第四圏は、吝嗇者と浪費者が住んでいるとあります。彼らは衝突をくりかえしぐるぐる歩き廻っています。
［「パペ、サタン、パペ、サタン、アレッペ」］というしゃがれ声。［おお、サタン、おお、サタンの神よ］という意味のようです。「注」を探りながら読むと、私は「サタンの神」の存在に驚きます。
［彼らは永遠に二点で衝突をくり返すのだ。］［あやまった消費と貯蓄は彼らから美しい国を奪い、永遠の格闘をつづけさせているのだ。］
絵が浮かびます。何千年も変わらぬ人間模様。
［このいまわしい小川の流れは下流のほうの／灰色の妖《あや》しげな姿をした小山の裾で、／スティージェという名前の沼を形づくっている。］
このスティージェの注に〈Oe さん〉の赤い○があり、［彼らは手だけでなく、頭や胸や足などを／使って、おたがい同士なぐりあいをしており、噛みついて肉を少しずつ引き裂いている。］とあります。
『ダンテ神曲　詩と絵画にみる世界』にある絵「泥水中で格闘する憤怒者」は、サン・マルコ修道院にあるフラ・アンジェリコの絵です。描かれた二人の男は、相手の腕を噛み肩を噛み肉を食いあっています。自分の手を食べている者もいれば、女を食うために殺そうとしている男もいます。沼からの臭気は炎をあげています。宗教画に地獄はつきものです。地獄に行かないための生き方が求められていたのでしょう。『神曲』二十六ページに、〈Oé さん〉の、万年筆で書かれたメモがありました。

《◯ギー兄さんは、晩年―なお美しい少年のような姿のまま―「神曲」を読んでいた。それを軸に、きっかけに、その生涯を思い出した。―心の中に憤怒が残り、……というように。》

『懐かしい年への手紙』の書き出しに、ギー兄さんは、Kちゃんに向かって、地獄、煉獄について語ります。

　年をとる、そして突然ある逆行が起る。非常に荒あらしい悲嘆《グリーフ》というものが自分を待ちかまえているかも知れぬと、Kちゃんよ、きみは思うことがないか？　いつまでも本気でダンテを読みはじめる気配のないきみに、こうしたことをいうのもセンないことだが、かれの地獄にも煉獄にも、荒あらしい老年の悲嘆者たちは充ちているよ。

（大江健三郎『懐かしい年への手紙』）

Kちゃんである「僕」が、隠遁者ギーというのは、「僕が『万延元年のフットボール』と、もうひとつの短編に書いた人物の名だった。」と説明を加えます。その「ギー兄さん」のイメージと晩年のギー兄さんの心がこのメモと関係しているのではないかと思うのです。「憤怒」という『神曲』の言葉は、「太陽に照らされた快い大気の中にいたとき悪徳にみちた生活をしたため、心の中に憤怒が残り、いまも黒い泥の中で悲しんでいる」という箇所にあります。

「スティージェ」という名の沼の注には、「ディーテを取り巻いている沼。この中に沈んでいる罪人は憤怒を抱く徒であるが、彼らの性質は沈鬱陰険である」と。

第三歌の、「地獄の門と入口。怠惰な者——地獄の河アケロンテと渡し守カロンテ」の絵は、「怠惰な者は蠅や蜂に刺されながら、裸体で走り廻っている。その足もとには蠕虫《ぜんちゅう》が匍い廻りながら、彼らの傷口からでた血や目からでた涙を吸っている」。

地獄の門が語られて七〜八行目に、赤い傍線が引かれていました。その二行をゴチック文字にします。

われを通るものは苦悩の市《まち》にいたる、
われを通るものは永遠の苦患《くげん》にいたる、
われを通るものは絶望の民のもとにいたる、

正義が崇高なわが建設者を動かし
われを神の権力と最高の叡智と
そして最上の愛の象徴とした。
われよりまえに永久以外は創造されたものはなく、
われは永遠に存在するであろう。
われを入るものは一切の希望を捨てよ。
私は一つの門の頂きに黒っぽい色彩で書かれた
このような文字が刻まれているのを見た。
そこでいった、「先生、この意味はむごいですね」
すると私の心を察した師はいった。
「ここでは一切の恐怖を捨てねばならない。（……）」

（ダンテ「神曲」、野上素一訳『世界古典文学全集35ダンテ』所収）

私はまるでギー兄さんがそこにいるかのように読んでしまいました。

信仰心の薄い私でも、『神曲』を読んでいると、地獄の様子にリアリティーを感じます。絵巻物の『地獄絵』や『餓鬼草紙』などは、絵のリアリティを感じつつ、滑稽さも感じてしまうのに。桂米朝の『地獄八景亡者戯』は地獄八景を笑い飛ばします。豪快な亡者らの滑稽さは、米朝師匠の生きていた時代の実景とも重ねるので、客は笑うのです。落語は人の嫌がるテーマ「死神」「貧乏神」も笑いです。

幻想の森・「骨月」駅

傍線のある『神曲』は、私を深い森に誘いこみました。

『懐かしい年への手紙』という森で迷う私は、大きな弁当箱ぐらいの大きさである「本」の設計図、「もの」を探します。森は時と共に大きな謎を投げかけ、ヒントとなる「もの」も増えました。資料が多くなるほど森も大きくなり、けもの道は、複雑さを増します。私はポケットから地図【森の中のO氏の書斎】を取り出しました。森の中の私の位置は〈ピンチ・ランナー駅〉であることが確かめられました。そこから「緑の木駅」までの道は森の中と思えない幅で、人通りも多かったらしく枯葉が押しつぶされています。

「河馬駅」は、賑やかな人声もしていました。

「シンジュク、シンジュク」という列車到着アナウンスが、編集者Mの「『河馬に嚙まれる』刊行一週間で重版が決まりそうです」という声を遮ります。樹齢千年は超える木の根方に、老人の顔のようなキノコがいくつも生え、そこに私の小さな手帳が落ちていました。

《1985》と表紙にあります。

【〈Oé さん〉から電話。〈Oé さん〉の声が笑っている。光さんが嬉しいとき、笑いをおさえきれずにいる、その雰囲気が目に見えるようだ。面白い話をこれからするぞという感じ。

「アメリカにいた時、アメリカの新聞記者が、日本の画家を紹介しろというので……」

含み笑いが一語一語にボコボコ膨らんでいる。「それならぼくの本の装幀をしている OSAMU・TSUKASA と、あなたのことをいったら……」〈Oé さん〉はついに笑ってしまう。

新聞記者は、そいつはオレの友人の、演劇研究者の恋人をとってしまった男だといったらしい。

「あなたは有名だなあ」といって〈Oé さん〉の笑いは止まらない。「アメリカの新聞記者は、一度あなたの名前を聞いただけで反応した」「知りませんね、演劇を研究する日本人なんて」「あなたの名前は珍しいから間違いない、アメリカの新聞記者は怒りだしてね」。

〈Oé さん〉は、小説の中で光さんの言葉をゴチックで表すように、「アナタガセカイテキニユウメイナノデオドロイタ」と笑う。

〈Oé さん〉は、中国旅行で一緒だった女優について話し出す。「旅行中無関心だったのに、帰国してから考えてみると、ずっとその女優の姿、その歩き方、話し方、上品な笑い方、そのいちいちが、ダンテをイタリア語で読んだ百日間と重なっていて、それが小説になりつつある。ぼくは美人女優を幻想で感じ続けて終わったけれど、あなたは現実として続いている」とひやかす。私の顔が見えないのでイライラは伝わらない。

「ベアトリーチェは美しい。ダンテを読んでいるとその声が聞こえてくるようでね……」〈Oé さん〉の『神曲』のイタリア語、フランス語、英語、いくつかの日本語翻訳本、それにいくつもの研究書を長く読まれているのが眼に見える。

＊

十九時、新宿・柿傳。〈Oé さん〉の招待を受けて。文春・M氏、〈Oé さん〉夫妻。初対面の妻〈アメリカにいる演劇研究者の恋人だったという）に〈Oé さん〉は、「小さい奥さんでよかった。経済的でいいですよ」という。単純に食費のことか、衣服の布代のことか迷う私。〈Oé さん〉おおいに飲む。ジョークを飛ばし続ける。何回も聞いた「『同時代ゲーム』」、神話はすべてつくりものなのに、外国の研究者は日本の古い神話として訊ねられるので困っている」は、大江宅までやって来たアメリカの若い女性研究者だ。私は、神話は創作でも四国の森はほんものでしょうというと、「高知から松山行きのバスに乗ると、四国の原生林が見られる」と〈Oé さん〉はいった。

ジョークの合間にダンテの神曲が出て来る。ダンテは、「今までのどんな詩人より偉大だ」と〈Oe さん〉。
〈Oe さん〉は学校の先生が困るようなことばかりしていた少年時代のこと——不良少年のこと——伊丹十三のことからその妹の顔を見て「冴えない顔をした妹がいた」と早口で喋る。（正反対ではないかと思う）
「愛してくれる人を愛するか、嫌う人を愛するか」という話題に移った。私＝泥酔男は、「戦争という殺し合いの歴史は何千年経っても変わらない。人間の愛の問題は、戦争で殺し合うことに似ている」というと、〈Oe さん〉は「えっえっえっ、それでそれで」と訊いてきた。それからどうなったのだろう。メチャクチャなことをいったに決まっている。その後の私は信用されなくなったかもしれない。
けれど「愛」の問題は、演劇研究者の母が松山出身者であり、著名なことから出たのかもしれない。】

＊

私は水のない谷間の奥、仕事場の北東、ジブリの森にまで連なる狭山丘陵を彷徨い、狭山湖に辿り着き、映画で観た大岡昇平原作『武蔵野夫人』の足跡を追い、恋ヶ窪まで行ってしまいました。恋ヶ窪の大きな農家の庭から、新宿方面が真っ赤に燃える関東大震災の様子、その場所に立って見たくなったのでした。

恋ヶ窪からの帰り、私は西武遊園地内の大観覧車を目印に、仕事場への道を辿りました。二十歳前の私の映画経験で忘れられない『第三の男』が、動かない観覧車を回してしまいます。第二次大戦後のウィーンが舞台。アメリカ、イギリス、フランス、ソ連の軍隊が共同管理していて、街は瓦礫のままの地域もあり、私の町の焼野原と重なりました。ペニシリンを水で薄めて売る、闇組織の一人、「第三の男」（オーソン・ウェルズ）の悪人ぶりに惹かれたものです。その男ハリーのセリフが浮かぶのでした。

ハリー――（眼下に小さく見える人間に対して）あの点が動かなくなったら同情するか？　ひとつ消すと二万ポンドになっても拒否するか？　それとも残りを数える？　税金免除だぞ。最近の金儲け術だ。誰も人類のことなど関係ない。政府も考えないのに何故俺たちが？　奴らと俺は似た者同士さ　俺だって五年計画ぐらいある。

友人の小説家――神を信じていたな。

ハリー――今も信じてるさ。神や慈悲やらをな。死んだ者は幸せだこの世に未練もなかろう。どう思う。こんな話がある。ボルジア家の三十年、争い続きのイタリアでルネッサンスが開花した。兄弟愛のスイスでは、五百年の民主主義と平和で。鳩時計どまりさ、じゃあな。

悪役・オーソン・ウェルズの魅力。「第三の男」が初めて姿を見せるシーンは、建物の暗がりの男の靴、そこへ猫が鳴きながら擦り寄って行きます。友人の小説家は、死んだと思っていた「第三の男」の顔を見つけます。彼が逃げて行くのを追う小説家は、広告塔のある広場でハリーを見失います。その広告塔こそ映画のクライマックスに繋がる巨大な下水道への入口です。

『第三の男』を観た映画館で、一九五八年二月、私が二十一歳の時、前橋市を恐怖に陥れた放火魔である同級生の、二歳年上の兄とばったり出会い、「しばらくだね」とよもやま話をして別れています。その夜からひと月足らずで彼は逮捕され、犯人として新聞に大きく報じられたのでした。

私は、観覧車の下を「第三の駅」と名づけました。

＊

「第三の駅」の武満徹さんの家。

『「雨の木」を聴く女たち』の装幀のために、『雨の樹』の楽譜を写真に撮らせてください」とお願いしていて、写真機を持って武満徹さんの家へ伺った時のこと。

鉛筆で清書された譜面は美しく、床に置いての撮影で間違いをおこさないよう、右往左往している私。武満さんが、

「そんな面倒なことしていないで、持ち帰りなさいよ」というのです。

「オリジナルをお借りしたら、怖くて留守にできないですから」

「それほど心配ならあなたにあげますよ」

「もっと心配するじゃないですか」

武満さんは笑って、推敲した楽譜と、本になった楽譜を私に持たせ、

「これもどうぞ。ワインでも飲まないか」

というのです。武満さんはオリジナル楽譜を束ね、大きな紙袋に入れて、

「あなた、最近、小説なんか書いているね。あんな面倒なことをよくやるなあ」

武満さんの一言一言が重く響いて、私の口は会話ストップ状態でした。私は話題を変えるため、メキシコで眼にした雨の樹のことを話しました。

日経新聞のエッセイとして書いたものを引用して会話の様子とします。

——畑山博著『アステカの少女』の挿絵のための取材で、メキシコを旅した時、土産に買

った。レプリカではあるけれど独創的な蛇の笛。素焼きの色彩は弥生土器を思わせる。オアハカにある遺跡モンテ・アルバン。私はポンコツのレンタカーを降りて、細い道を下り、遺跡に近づいた。

十二、三人の子供らが土産物を差し出して、「チーノ、チーノ」と私のことをいった。彼らは私を囲んで、遺跡の崩れたレンガとか、土器の破片を売ろうとする。私は「アトデ、アトデ」と相手にしなかった。彼らは、私に「ケチ」とか「デブ」とかいっているのだろう、誰かが一言いうたびに笑った。

遺跡の入口に、一本の大きな木が、細かい葉をびっしりつけて重そうに立っていた。私は石畳を踏み、遺跡の中へ入った。アメリカ人らしき二人がいるだけで、遺跡は発掘されたままの姿を晒《さら》していた。

小一時間もすると、冷たい風が吹いてきた。その方角を見ると、山脈の上に黒い雲がひと塊あった。私は見たことない雲の色に少し不安を感じた。遺跡の入口の木の下に、土産物売りの子供らが集まって、私の悪口をいっているようだった。小さな箱を叩《たた》いて私を笑っている。

私は広い遺跡の中央で両手を広げ、青い空に「おーい」といった。それが合図のように、黒い雲が頭上に来て、バケツをひっくりかえしたような雨を降らせた。あっという間に降り、あっという間に黒い雲は去って行った。私はずぶ濡《ぬ》れになった。

木の下にいた子供らは、濡れずに、箱を頭に載せ、さらなる笑いを私に浴びせ、「いうことをきかないからだ」といったようである。

子供らが雨宿りした木に近づくと、びっしりした木の葉からのしずくが、雨のように落ちていた。私はもう一度濡れたくなった。

蛇のオカリナは、メキシコシティの国立人類学博物館を見てから、どこの土産物店で買ったのか記憶にない。（オアハカで、子供らの土器破片を買っておけば、本物だったのになあ）。

私は蛇の頭を撫《な》でてやった。（……）

（『日本経済新聞』夕刊、二〇二〇年十月十二日）

このようなことを話したのです。

オリジナル楽譜を抱えた私に武満さんは、

「これも持っていって」と真っ白な本を手渡してくれました。「ホネムーンと読むんだ」といいました。真っ白い本に「骨月」とありました。

なんと洒落たタイトル。武満さんはこれを書いて、「面倒なこと」と思われたのだろうか。

観覧車の下を「第三の駅」としましたが、私は「骨月駅《ホネムーン》」と変更しました。

懐かしい年・懐かしい時間・懐かしい場所

数日間、私は、『懐かしい年への手紙』を読み続けていました。ボーッとして窓の向こうの、ほとんど葉を落とした森を見ていますと、窓に届く雑木の枝に、スズメより小さな小鳥が数羽飛び交っていました。活字に慣れた眼の焦点が、小鳥や小枝にようやく合ってくると、小鳥が山椒粒のように小さな実を食べていると分かりました。違う種類の小鳥が入れ替わり立ち替わりやって来て、食べ尽くしたと思っていた私は、「落穂拾い」に似てるなと思いました。私のやって来たことのすべてがこれだった、とも。

私は、本を持って、庭に出ました。

背の高い枯れ草に覆われた庭で〈Oeさん〉についてさまざまなことを思い出していると、家の東側にある丘の、巨木のてっぺん近くで生まれた若いカラスが、私をばかにするように鳴いたのです。私はカラスの鳴き声を真似て「カーラカーラ」とやりますと、カラスは飛んで電線にとまり、白い糞をぺっぺっとして、森の奥へと優雅に飛翔して行きました。

私は家の前の湿地帯を北へ、森のけもの道を歩き、カラスの飛んで行った方角を目指しました。狭山丘陵の森は清瀬まで連なるので、長さからいったら深いのです。森は複雑に市町村域があって、すぐ近くが所沢だったりします。そこに五十年も住んでいながら、私は森を歩くと迷い、迷子になるのですが、丘を登ったり降りたりしていると、とんでもない人里に出るのです。遠回りしても家に戻れるので、迷いは楽しみの一つなのです。

森の奥に入ると、私の出会った、すでにこの世にいない人たちの声を聞くことがよくあります。私の幻覚かもしれないのですが、その幻想的な時間は、森の贈り物であると思うのです。

狭山湖への道なき道の谷間に、冬でも葉を茂らせる榧木《かやのき》が一本あります。私は榧木の下で、コンビニ弁当を食べ、空想している時間が好きで、そこへよく行くのです。榧木は驚くほど大きく、その下でグリムやイソップを繰り返し読む場所でもあります。

私は『懐かしい年への手紙』の続きを読み、「お茶を持ってくるべきだったな」と独り言をいい、小岩の間からタラタラ染み出している清水を眺めました。大雨の降った後ですと、出しっぱなしの水道のようになる清水です。

――その本はね……

人の声に私は榧木の枝下の暗がりを見回しました。実の皮がたくさん散らばっているだけでした。鳥かリスかが啄《ついば》んだものでしょう。

——七年間もあたためていた本です。

〈Oé さん〉の声でした。

——『同時代ゲーム』を書き終えてから僕は……

私は、懐かしいですね、といいました。

——短編連作、たとえば『河馬に噛まれる』とか、『いかに木を殺すか』、『新しい人よ眼ざめよ』を出版しましたが、心の中では『同時代ゲーム』という小説を書きおわってみると八年分の仕事が完結した気持が強いんですが、それからずっと今度の本を書こうと思ってやって来たんです。

『懐かしい人への手紙』はそのような本なのですね。

『新しい人よ眼ざめよ』のころ、いただいたブレイクの画集を眺めていました。『新しい人よ眼ざめよ』は、編集者のHさんに頼んで、白いページを入れてもらったり、カバーを箱に貼ってもらって、簡単な特製本を作ったのを覚えていますか。製本所でそれができたのが夜遅くだったものだから、〈Oé さん〉の家に着いたのは二十二時でした。応接間のテーブルに十五冊の箱入り本を積んで、私が、何も刷っていない扉に、渡辺先生の装幀本から、亀を思わせるカットを真似て、薄墨で描いて、〈Oé さん〉にタイトルと著者名を書いてもらいました。簡単ではあるけれど特製本を作ったのを覚えていますか？

プーちゃんが、歯茎をはらしてアイスノンを頬にあてていましたね。応接室はちょっとした製本工房になりました。〈Oé さん〉は「幸せな時だ」を連発して、出来上がった手製の本の素晴らしさに、「あなたは小説なんか書かないで絵を描くべきです」といってくださった。私は「あれも絵のうちです。ヘタも絵のうちという言葉がありますが」、「やっぱり絵の方がいい」とやっていたら、強情な私に〈Oé さん〉は怒り出してしまいました。

〈Oé さん〉は私の生活を心配してくれていたのです。私が小説を書くということは、悪い道楽をしているのに似ていました。自分でもよく分かっているのです。まるで昔の私小説作家のように、書けないといっては飲み歩き、家族に迷惑かけ、取材だといって地方に出かけて行く、小部数の本は売れ残り、絵は描かない、それでは生きていけなくなると、〈Oé さん〉は本気で心配してくれていたのです。

〈Oé さん〉は笑いました。

――そんなことあったかなあ……それより、『懐かしい年への手紙』の話を進めよう。

……ノートをとったり原稿を書いたりしたけれど、どうしてもうまくいかなくて、だから『懐かしい年への手紙』は八年ぶりに完結したという思いが強いんです。

実際に本が出てみて、最初の答えは司さんがどのように本の形にしてくれたか、しかも司さんの場合は積極的に画家としてどう受けとめたかの答えを返してくださる。（本の口絵の）きれいな空と波立つ湖があって、島に重要な樹木が立っている。それを家内が見て、「こういう小説を書いていたの」といってくれた。『懐かしい年への手紙』を七年間も黙って書いていたし、半分自伝みたいなところがあるものですから、それを家内がどのように読むのかとても心配な気持がありました。最初の関門をこえてこういう感じの小説なのかと司さんの眼を見て彼女が行ってくれたものですから、それで安堵の気持ちが……。

〈Oé 夫人が『懐かしい年への手紙』に描いた一枚の口絵から、長編小説を読まずに読み取っての一言ですし、〈Oé さん〉にとっての八年という時間です）嬉しいけれど褒めすぎです。

〈Oé さん〉は語りました。

――プラトンが『パイドロス』に書いていたと思うのですが、何かを認識するということは、昔知っていたことを思いだすということなんですね。昔、ある懐かしい世界があって、そこで美しい体験をしていて、それを忘れているわけです、現世の僕たちは。それをあるきっかけで、思い出すというふうにして深いものを認識して行く。「懐かしい」という言葉は、柳田國男からとって使ったと思います。若いころから柳田の全集を読んでいましたが、「懐かしい」という言葉をよく使われている。

それは、かつて経験して、あらためてそれに出会ったから懐かしいっていうんじゃなくて、かつて経験していないけれど、近しい、これは本当に自分のものだという感情を「懐かしい」と柳田先生はいってらした気がする。僕はそれを面白がって使っていたけれど、書き終わって考えてみると、第三の解釈があって、僕たちが生まれる前に経験したことと関係があるんじゃないかと思っています。

むかし経験した非常に大きいものがあって、大きい全体があって、そこから僕が出て来たわけです。そして現実にいろんな人と会ったり、風景を見たり美しい音楽を聴いたりするけれど、そこで懐かしい気がする、その時、自分の根本の、そこから自分の根本の、大きい全体というところへかえって行っているという感じがする、それが今度の小説のテーマです。

〈Oeさん〉の話し言葉はすべるように走り出て、聞き取りにくく、特に重要と思われる箇所ほど、いくつもの解釈が可能な雑音に近いのです。私の描いた口絵についてもそのようなことがありました。私が聞き逃したと〈Oé さん〉は思われたのか……

〈Oé さんは繰り返し語ってくれました。

――「ギー兄さん」とか、彼を愛している若い奥さんとか、僕の妹と、僕自身の妻と子供たちが集まって、われわれが生きてきて一番よかったと思われるようなある瞬間をそこで経験するわけです。それが「懐かしい年」、「懐かしい時間」、「懐かしい場所」と考えています。

三つの「懐かしい」という言葉の後が聞き取れなかったのです。私は突如『同時代ゲーム』の時、うかがった「懐かしい」という言葉と「壊す」という言葉は「偏」が違うだけでこんなにも意味が違うと〈Oé さん〉から聞いたことを思い出し、『懐かしい年への手紙』にも、『同時代ゲーム』の全体像がかぶさっているように感じましたがといい、「壊す人」と「懐かしい人」とが一緒になってしまう読み方をしてしまいました、といいました。

〈Oé さん〉はこう語りました。

――『同時代ゲーム』に「壊す人」という変な神さまのようなものを書きました。僕の生まれた小さな村に小さな森があって、森を支配している森の神さまのような人物が「壊す人」です。

彼は実際にいた人物です。小説ではまるで神さまになって現在も森に住んでいると。村の人はその人のことを昔からそう語っているのだけれども。『同時代ゲーム』という小説ではなぜ「壊す人」というのかというと、主人公の不思議な妹が、「壊す」という字と「懐かしい」という字が似ているといいます。しかし僕は、『同時代ゲーム』の時、それがよく分かっていなかった。けれど今度の小説を書いていて思ったことですが、主人公の住んでいる村には「壊す人」のベースがあるんです。今度の本には「壊す人」が非常に「懐かしい人」として感じられているという点が、強く出ていると思います。

本の校正がおわってから、川崎寿彦という人の『森のイングランド』という本を読むと、ヨーロッパで森とか木とかに人間の感情とか信仰とかいうものが、どのように複雑か、多様であったか、アンビバレンツであったかということがよく分かります。森の中には恐ろしいものもあれば、懐かしいものもある。

自分の心の中に出来上がっていた「森」の中に、恐ろしくて懐かしい大きい存在が……それは僕がつくったものですが。

壊すということは造るということとも重なりますね、と私はいいました。画家の先輩から、描いている絵が完成したと思った時、それを壊す勇気がなければだめだ、といわれたのを思い出したのでした。
今度の小説では、過去に書かれた多くの小説へ戻って、五歳ぐらい年上のギー兄さんが厳しく批判していますね。それはもう一人の〈Oé さん〉なのでしょうけれど、非常に厳しい眼で。私は一読者としてギー兄さんから批判される本の一冊一冊が懐かしく、あの小説はこのような思いで書かれていたのかと感慨しきりでした。

〈Oé さん〉はこう語りました。
——僕の田舎では、「兄さん」とよくいうんです。自分の兄ではなくて、少し年上の師匠のような人物。子供の時から年上の兄のように教えてくれる人物、しかも一生その役割を続けてくれている、という人物として「ギー兄さん」をつくったわけです。ギー兄さんというのを見ていると、自分自身のもう一つの顔と感じるわけです。自分が大学を卒業してすぐ村に帰って村で暮らしている、自分の村の伝統と、村の人の役に立つような仕事をして暮らせば、こういう人物になっただろうとずっと考えて来たんです。それと、もうひとつは僕は年上の友人に恵まれていたと思う。音楽家とか文学の仲間とか編集とかそういう人たちにずっと教わっているというイメージもギー兄さんという人物に与えています。だから片方では理想化された人物、片方では自分を知り抜いた人物……

小説を書くということは三十年以上になりますが、二つの考え方があって、片方では発表したものはどうしようもない、これは諦めなければならない。と同時に、あの小説はどのように書くべきだったかという気持ちを強く持つ人間なんです。

自分の小説を書き換えてみたり……書いていると夢中になって、自分の小説を読み直して批判したい気持ちになる……

小説の中でギー兄さんが、いったい君はこのような人生を選んだけれども間違っているのではないか、と書いたわけです。彼が僕のいうことをいちいち批判してくる。すると自分の書いた小説の全体を読み直したくなる。そうした実例がこの小説の中にあります。

「セヴンティーン」ですとか『個人的な体験』ですとか。私の勝手な読み方ですけど、ギー兄さんが、今よりちょっと前の過去を担当する人ですが、「僕」っていう人物が、今よりちょっと後の未来を担当する人で、その未来と過去が語り合った結果というのが現在になっているような気がして、そういう形式があって、未来と過去が入れ替わったりしながら、未来の人が過去になったり、その時は過去の人が未来になっているということですけども、私は音楽のような構成と感じたんです。

（〈Cé さん〉は私のトンチンカンな感想に、「へー」とか「はぁ」と不思議そうに受け止めてく

れていました）

〈Oé さん〉はこう語りました。

――『同時代ゲーム』という小説は自分にとっては実験的な方法をつかった小説で、それからあと僕はどうしたかというと、七年間古いものだけを読んできたように思うんですが、小説ではバルザック、ディケンズを読んでいました。詩としてはダンテをずっと読んでいたわけです。ダンテはこの小説の大きな柱でもあるわけですけれども、私は子供の時こういう少年だと思い、そして成長して、現在このような人間でいます、ていう小説を書きたいという動機があったのです。ある意味では自伝である感じがありました。そして自分の子供の伝記でもあるし、妻の伝記でもあります。同時に、小説の最後は、時間的な展開とまったく別の、すべての時間が一つの時間の中にあって、それが一番懐かしい、美しい時間だというふうにして終わりたい。時間が展開していくという伝統的な小説と異なり、すべての時間がいっしょにあって、行ったり来たりする、すべてが共存している感じがするというふうなことが二つ、この小説の中につかわれているわけです。

僕は今度、繰り返しの手法をつかってみたわけです。バルザックなんかもつかっていますけれど。同じようなことが少しずつズレていて、少しズレながら繰り返されて行く方法になっています。すると、何か、二度目、三度目になって行くと、ある懐かしさのリアリティというものが出てくるんですね……。

美術史の本を読んでいたら、ルネッサンスのデッサンのことが書いてあって、僕は昔から絵かきはどうして一つの線で描かないのだろうか。顔だったら顔を一本の線で刻むように描いてできあがるというふうにすればいいのに、何回も試みたように何本の線を何度も描くのか、疑問をもっていた。若いころは何本もの線を描くうちに正確な線が出てくるための試行錯誤だと思っていた。ところが、本によるとそれは間違っていると、二つとも正確なんだと、二本、三本の線をくりかえす技法なんだと、ルネッサンスの美術論の人が書いていました。

私は『懐かしい年への手紙』における『神曲』の中での、カトーという人物が気になっていて、そのことを訊きたいと思っていたものだから、〈Oé さん〉がイタリアルネッサンスの画家の話をされている間も、頭に入らず、ついに「カトー」といってしまったのでした。〈Oé さん〉はそのことを待っていたらしく……

〈Oé さん〉はこう語りました。

——カトーというのはローマの人間ですけど、強い人間と戦って最後は破れて自殺してしまうわけですけれど、ローマの人間ですからキリスト教徒でもない、しかも自殺してしまったという大きい問題点があるわけです。ダンテは、自殺することは自分自身に暴力をふるうことといって大きい罪といっているわけですが、カトーは「煉獄」の島の番人になっていました。

カトーは、あまり上等じゃないので下の方にいますが、不思議な魅力を持っていて、僕はダンテの『神曲』を大学生のころ読んでいた。イタリア語の授業にも出たりして理解するようにしていました。しかしそれからずっと読まなかった。『新しい人よ眼ざめよ』を書くころになって、ウィリアム・ブレイクを読んで、ブレイクのことを書いた研究書（カナダの文芸評論家ノースロップ・フライ）の中に、ダンテについて非常に不思議な読み方が書いてあった。それから本屋でダンテについてのいくつもの研究書（英語）を探して読んで、『神曲』に出てくる面白い人物を知って、あらためて『神曲』を読みました。

地獄の入り口で、荊棘《いばら》の茂みへ入って行く時、自殺者の魂が押し込まれた枝を取るところがありますね。あそこは今度の小説にとって大事な場面のように感じましたが。カトーが許されているように、自殺者の魂が閉じ込められた一つ一つの枝が非常にあたたかく描かれているようです。

〈Oé さん〉はこう語りました。

――ダンテの、木に魂をとじこめたということは、本来は非常に苦しいことなんです。森があってそれが自殺者の森で、樹木はみんな自殺した人間の魂が樹に入っているわけですね。今度の本の箱の絵は、ボッティチェッリの描いた『神曲』の森ですが、自殺した人間の森です。自殺した人間はどういう人間かというと、自分の肉体に対して暴力をふるった人間であるわけです。ですから、最後の審判を受けてもう一度肉体を取り戻すことが出来る時も、自殺した人間は取り戻せない。だから魂は自分の肉体をつかまえて、持って帰って木にかけておくわけですね。それでも肉体を回復できないという大変惨たらしい刑罰なわけです。でもあのシーンの面白いのは、木の枝をパキンと折ると、なんと惨たらしい音がするのだと、枝が痛がっていうんですね。そのことがいろんな解釈を生むんです。

ボッティチェッリの描いた『神曲』のファクシミリ版は、バチカンにある原本と同寸で、羊皮紙の形までカットしてあり、絵や文字の裏うつりしている様子まで印刷されています。超高額な限定本です。〈Oe さん〉は、小説を書いている時にファクシミリ版を参考にされ、それが終わると装幀をする私にプレゼントしてくれたのでした。私は、【ボッティチェッリの描いた『神曲』の森】を本の箱にしましたが、もっともっと名場面があったのに、あれだけだったと後悔しきりでした。

私は、『懐かしい年への手紙』の、「地獄第十三曲」が書かれているページをめくりました。そこにはこう書かれています。

そしてギー兄さんは、オユーサンにも山川丙三郎の訳だとわかった「地獄第十三曲」の一節を暗誦してみせたというのである。《この時われ手を少しく前にのべてとある大いなる荊棘《いばら》より一の小枝を採りたるに、その幹叫びて何ぞ我を折るやといふ／かくて血に黯《くろず》むにおよびてまた叫びていひけるは、何ぞ我を裂くや、憐みの心些《すこし》も汝にあらざるか／いま木と變れども我等は人なりき、またたとひ蛇の魂なりきとも汝の手にいま少しの慈悲はあるべきを／たとへば生木《なまき》の一端《かたはし》燃え、一端よりは雫《しずく》おち風聲を成してにげさるごとく／詞と血と共に折れたる枝より出でにき、されば我は尖《さき》を落して恐る、人の如くに立てり》。

そしてこういうところにギー兄さんの、目下勉強していることはなんであれ、人に話さずにはいられぬ学生気分と、やはりかれに生得の教師精神とがあらわれているのだが、鞘の谷川の増水の際にできた狭い砂地の枯枝で図を書いて、ダンテが影響を大きくこうむったアリストテレスの四大要素を示した。樹木は、EARTHによってなりたっているが、熱によって火と燃えてFIREとなり、かつは樹液WATERと蒸気AIRを、火に遠い方の端から洩らす。一端よりは雫おち風聲を成してにげさるごとく、すなわち樹木の雫が血、風が詞《ことば》、アリストテレスの気象学《ミーティアロラジー》に照してみればわかることだが、この一節で風と詞を切り離すように訳してあるものは、すべて誤訳。ダンテが心なしに折りとった小枝から、血と言葉とがほとばしったのだ、Parole e sangue……

（……）ダンテの歌う樹木のいちいちは、自殺者たちの魂がからめとられた檻であり、一方の端を焼かれる枝のように憤りの声をシュッと吐きかけた、十三世紀の宮廷人ピエール・デルラ・ヴィーニアはじめ、そこにいる自殺者たちは、酷たらしくも自分の肉体から魂をもぎとった者らである。いまその魂は林に棄てられて麦のように芽生え、樹木となり、葉を鳥どもについばまれて痛みを覚える。いったん自分から肉体を棄てた魂である以上、かれらは「最後の審判」の日が訪れ自分の肉体を見つけ出しえても、再びそれを魂にまとうことはできぬのだ。《我等はほかの者と等しく／我等の衣の爲めに行くべし、されど再びこれを着る者あるによるに非ず、そは人自ら棄てし物をうくるは正しき事に非ざればなり／我等これをこゝに曳き來らむ、かくて我等の體《からだ》はこの憂き林、いづれも己を虐げし魂の荊棘《いばら》の上に懸けらるべし》。

まだ若いオユーサンは、後につづく彼女の足が踏みやすいように苔の生えた岩の窪み・礫の間の砂地、また頑丈な倒木の上といったところを踏みしめて行くギー兄さんの足許を、すがるように見つめて歩くうち、他人に話しかけているというよりも、その言葉で自分の内部に入り込んで行く思いで、心に浮ぶことを口にすることができた。それらは僕との結婚をひかえて、確たる根拠があるというのではないが、つねにくすぶりつづけている不安に根ざしていた……

（大江健三郎『懐かしい年への手紙』）

私が本を閉じるのを待っていたかのように……

〈Oé さん〉は語りました。

――自殺について、僕には大きな問題だったのです。子供の時から、父親が自殺したのではないかとずっと思っているものだから、自分もいつか自殺するかもしれないという意識が強くて、そういうことをしてしまったら恥ずかしいと思っていた。

今度の小説では正面からそれを解決するように出来たと思っています。

私は、ダンテの『神曲』が深く関わってくるということから、子供じみた質問ですが、許してください……（これから聞こうとする私の言葉を、〈Oé さん〉は読み取って……）

〈Oé さん〉は次のように語りました。

——カナダへ行って、ダンテのことを論じたら、みなさん僕がカトリックだと思ったようですが、キリスト教信仰を持ってないというと、みなさんなぜダンテに惹かれるのかと不思議な顔をされました。

宗教を持っていない人間が、「神」や「永遠」の問題を考える場合に、信仰は有効だと考えています。それから僕はキリスト教信仰を持っていないために、キリスト教にまっすぐ入って行けなくて、キリスト教の周りを、グルグルグルグル回りながらいろんなことを考えて来たんです、道草をくうように。仏教の本を読んだり、ユダヤ教の本を読んだり、イスラム教の本を読んだりして来たんです。

…………

どの宗教にも属さないけれど、祈りたいと思っている人間のことを書きたい。

私は、タルコフスキーの映画『サクリファイス』にそのようなことが描かれているのを思い出しました。

この間亡くなったタルコフスキーが『サクリファイス』の中で、核戦争後において世界を救うには、魔術的なものであってもそこに救いの道があるなら、という大胆な状況をつくり出していましたが、といいました。

〈Oe さん〉は語りました。

——僕も観ました、感動しました。神さまを信じないインテリの主人公がいて、世界を救うためにはどうしても、魔女と性関係をもたなければいけないというので、魔女だといわれた女性に会いに行く。

ヨーロッパにはキリスト教という信仰、伝統がずっとあって、ユダヤ・キリスト教という信仰があります。ところがもっと原始的な「森の神さま」を信じるとか、「五月の祭り」とか、いろんな祭りがあります。キリスト教を正統としていない、もっと、より古い信仰、より奥の信仰というものがあります。キリスト教と、より古い信仰、より奥の信仰の間を彷徨っているような感じ、行ったり来たりしているような感じ、というヨーロッパの文化、僕はそれが好きなんです。

〈Oe さん〉の話は「壊す人」のような森の宗教に入って行きました。キリスト教の文学を読む、ダンテを読むことで、自らの信仰とその感情に方向性を与えている、ということにも。

『懐かしい年への手紙』は、「死と再生」がテーマとして書かれていると思って読みました。話がズレると思いますが。と私は、『洪水はわが魂に及び』が刊行されたころ生まれた、娘のことについて話しました。

娘が生まれる時、難産だった話を妻から聞いたのですが、なかなか生まれなくて二日間苦しんだらしいのです。医師の説明では赤んぼうがお腹の中でうまく回転できなくて、頭が産道に向かないというのでしょうか、医師は妻の腹にのっかって赤んぼうの回転を変えるため、赤んぼうを動かしていたというのです。胎児の命が回転にかかっていたというのと、この小説の「死と再生」と重ねて読んだ気がします。

〈Oeさん〉はこう語りました。

――僕は変なことをいろいろ考える子供だったんです。回転するということはたいへん重要だと考えていたんです。子供が生まれるということは、花火のロケットみたいにグルグルと回りながら出てくると。

子供のころ、田中英光だったと思うけれど（その小説の中で）「孫悟空」は、ある場所からある場所まで非常に早く移動するんです。どうするかというと、自分自身に回転を与えるんです。回転がある速度を超えると実態がなくなる、それで何処へでも飛んでいける、子供の僕は非常に影響受けて、どんなに本当だったらいいだろうと。子供のころ考えたグルグルと回って子供が生まれてくるとか、森の中の谷間をグルグル回りながら、旋回しながら、森の中に入っていって魂になるとか考えていたんですね。それをダンテと結びつけながら今度の小説に書いたのです。『森のイングランド』という本を読むとヨーロッパやイギリスの、六世紀ぐらいから十七世紀十八世紀までの森の信仰、樹木の信仰の実例が書かれているわけですね。これならみな知っている、と感じるわけです。だから自分の村での経験を頼りにして、ヨーロッパの樹木に対する信仰は全部解けると僕は感じるわけです。同じ気持ちをダンテにも持っていて、ダンテが書いていることの中に、東京で勉強してきたことでは理解できないけれど、自分の村で経験したことで理解できることはかなり沢山あるわけです。それを小説に書いてみようと思ったんです。

その点では一巡りした感じなんです。この小説は自分にとって一つの締めくくりだと思うんです。

私は、実に浅い読みですが、『懐かしい年への手紙』は、ここに……ダンテに、至らざるを得ないって感じがしたんですね。

私は時間が経つほどに慣れるのではなく緊張が高まって行きました。

〈Oéさん〉はヒヨドリの鳴き声に耳をすませ、こう語りました。

――ダンテは偉大な作家でいままで読んだいちばん優れたいちばん大きな文学作品は何かと言

われると、以前でしたらドストエフスキーだとかトルストイとかムージルとかね。いまはダンテがいちばん偉大だと、少なくともこの五年間くらいそう思っています。ダンテを読んでいると、「地獄篇」が面白いと思いましたが、何年も読んでいると、次第に、「天堂篇」に、大きい、重いものを感じられて来ます。この小説の中にも書いたけれど、ダンテの、天国というものは、「愛」というものがあって、世界を動かしているらしいのです。全世界というものは、ある形をとって動いているということだけは天国の結論であって、その部分部分をいろんな点で描写したいということは……

榧木の枝に二羽のヒヨドリが止まれなくて、グルグル回りながら鳴いたので、〈Oé さん〉の早口と重なって、聞きそびれた言葉がありました。

――地獄ということを書いて、自分の小説によって、煉獄へ行こうとしている段階、煉獄へやっと足を向けようとしている状態まで、この小説に書いたように思います。それが『懐かしい年への手紙』の最後のシーンです。

〈Oé さん〉はもう終わりにしようといい、こう語りました。

――装幀というのは、小説家が小説を書いて出版されるまで、本にできつつある段階で、自分でいちばんわからない、どういう物を書こうとしていたのかわからない、そういう段階でしてもらうものですから、いちばん先がわからない危機的状況にあるときに、いっしょに船に乗って協力してもらっている感じがするんですね。努力してきたその本が成功したのか失敗したのかわからない、その不安を乗り越えて新しい作品に向かっていかなければならないと感じます。

評論家は大江や古井由吉の小説は分からないというんですね。僕、思うと、古井由吉の小説は非常によく分かるんです。古井さんが、わけのわからないところへ入り込んで大きい困難を乗り越えて、新しいところへ出ようとしている、新しいというよりも奥深いところへ出ようとしていることがよく分かる。僕もああいうことをやりたいと思っている。そういう訳のわからないところで仕事をするって、やりがいがあると思います。

小説家がどのように小説を書くかについても書いたはずなわけです。そういう点では、小説家というものは、どのように描かれるのか、小説家はどのように生きるかというレベルでいえば、いちばん正直な自伝のような形になっていると。自分がどのように生きてきたか、どのように考えてきたか、自分でどのように感じて書いてきたか、作家としてやってきたかを書いてあります。

……自分で納得しようとしているんじゃないですか。このように生きてきたと。

作品というものはつねに一面的だと思うんです。あらゆる作品が大天才を別にして。たいていある一面を表している。それにいくつかの補助線みたいなものを加えてやると、もう一つの一面に光をあたえると、それを書こうとした自分が全体的に見えてくることがある。それを僕は何度もやってきたはずです。過去に「死者の奢り」という作品は一面的だけれども、「死者の奢り」を書こうとした自分というものは一人の青年としてある全体性を持っていた。それをもう一回自分で理解し直そうとして書いていた。

タルコフスキーの『サクリファイス』は、ダ・ヴィンチの未完の大作『東方三博士の礼拝』の部分がタイトルの背景に現れ、長く長く続きます。

誕生して間もない幼子《おさなご》キリストの手は、東方の三博士の一人が差し出す没薬の入った器に触れ、その人がじっとそれを見つめています。が、私は、画面中央に白い文字で俳優たちの役名と役者名の入れ替わり立ち替わり現れるそのすぐ上に浮かぶ、魔女を感じさせる顔を意識してしまうのでした。

タルコフスキーは、複製からではなく、ウフィツィ美術館のダ・ヴィンチの絵の前で撮影していると私は思っています。フィルムカメラでの撮影で、照明をつかわずに撮るのは常識です。タルコフスキーは、それだからこそ見えてくるダ・ヴィンチのある意図を見抜いていたと思うのです。魔女的な表情はウフィツィ美術館で見ても浮かばない。眼を細めなければ見えない「顔」を映像化したのだと思います。

タイトルバックに、バッハの『マタイ受難曲』が流れ続けています。そこへ海辺の波音、カモメの鳴き声が聞こえはじめ、現実の景色が現れる予感を観客に持たせ、魔女のような顔が下へと動き、絵の上部へと移動します。幼子キリストと東方の三博士の全体が示され、やがて未完の絵に描かれた一本の木が映し出されます。大きな絵の中で樹木だけは完成しているようなので、私は、初めて見た時から、不思議な気がしていたのでした。

海辺の音で予告された映像は、枯れた松の木を固定しようとする男が、独り言をいっています。

ずっとむかしあるとき、年をとった修道士がいて、僧院に住んでいた。ある時、枯れかかった木を山裾に植えた。それがこんな木だ。そして若い門弟にいった。ヨアンという修道僧だ。木が生き返るまで毎日かならず水をやりなさい。毎朝早くヨアンは桶に水をみたして出かけた。木を植えた山に登り、枯れかかった木に水をやって、あたりが暗くなった夕暮れ僧院にもどってきた。これを三年つづけた。

（アンドレイ・タルコフスキー監督、映画『サクリファイス』）

そうしたある晴れた日に、ヨアンが山に登っていくと、枯れ木に花が咲いていたというのです。一つの目的をもった行為は、いつか効果を生むと。演劇人でもある主人公の学者は、ときどきその話を思い出して、かならず毎日、同じ時間に、同じことを、儀式として、きちんと同じ順序で、毎日行っていれば、世界はいつか変わる、必ず変わる、変わらないわけにはいかない。というのです。

彼は、神の存在を認めていないのに修道僧の行った奇跡を信じているという映画の設定です。彼の抱く核時代の不安は、彼の信念を変えようとしています。

ダ・ヴィンチの未完の大作『東方三博士の礼拝』は、未完成であるがゆえの魅力もあります。またそれゆえに、キリスト教も未完のままのような謎も残されるわけです。ダ・ヴィンチは、幼子イエスを抱くマリアの左上に、異教徒の残した廃墟を描いている、といわれています。廃墟に座る人物はそれを物語るものかもしれません。

タルコフスキーがダ・ヴィンチの未完の絵『東方三博士の礼拝』を選んだ理由に「異教徒」との関連を感じずにはいられない私です。また、〈Oe さん〉の語られた、「どの宗教にも属さないけれど、祈りたいと思っている人間のことを書きたい」という言葉とも結びつくようにも。

松林での主人公アレキサンデルの独白は、「死なんか存在しない……あるのは死の恐怖だけだ」と、生き続けている者たちの不安と、その指導者たちの、恐怖心を語ります。「それが人間のすることを狂わせる」と。

友人の医師が主人公の誕生祝いにロシア・イコン画集をプレゼントし、アレキサンデルは画集をめくりながら、「心が浄化される」と感動の意を表します。「小児のように邪神がない」と。

私は、〈Oé さん〉から、数冊の本が箱に入ったロシア・イコン画集をいただきました。『懐かしい年への手紙』の口絵の、〈Oé さん〉が気にいった絵は、その影響で描いたものです。「信じられない、祈りのようだ。」とアレキサンデルがイコンを見ながらいうセリフは、そのまま〈Oé さん〉でした。

『サクリファイス』のもう一人の主役である郵便配達夫・オットーは、不思議な存在です。アレキサンデルの友人である医師がオットーへバカにした言葉を浴びせますが、医術は素晴らしいけれど、想像力に欠けている存在です。

オットーは、「事実なのに説明出来ない事実」を収集しています。彼は迷信に近い話をしていながら「われわれは盲目だ、何も見ていない」といいますが、それに近い生き方を私たちはしているように感じさせられるのです。

映画は、現実としての核戦争が起こってしまった状況を映し出します。色彩をセーブした美しい映像は、核戦争というあり得る現実を感じさせます。

そしてそこに、あのタイトル映像にあったレオナルド・ダ・ヴィンチの『東方三博士の礼拝』図が複製として登場するのです。

郵便配達夫・オットーが、「あれは何です……気味の悪い絵ですね……私はレオナルドの絵が恐いんです」と恐怖を顔に表しつついいます。アレキサンデルは初めてそれに気づく様子。そこに核戦争後の国民へ向けた（国の指導者と思える声）が流れます。「全国民が平和と秩序と規律の回復に」……アレキサンデルの顔がレオナルドの複製画の、幼子キリストの手の差し出された没薬の器の上の、魔女のような表情の浮かぶ場所に気づくのです。しかもドアのガラスに映るアレキサンデルの顔も重ねられて。

タイトルバックに長々と見せていた、あの魔女のような顔。母・マリアと幼子の全体が映し出されますが、もう、魔女のような顔はそこにあると意識出来ます。国の指導者らしき男の声は続いていきます。……我々が恐れる唯一の危険な敵はパニックが起こる事である。パニックは伝染しやすく、常識を以てしては測れぬ様相を示す事がある。

映画でありながら、私の心の底に沈んでいる核戦争の恐怖は、クリミア戦争で現実的であることを知らされ、ウクライナ侵略を続けるプーチン大統領の考えが変わらないと知らされ、私の心の底に音たてて落ちたばかりでした。たとえ小さな戦争でも、現代の戦争は核戦争に繋がってしまう危険が伴うと思う私です。

神を信じないアレキサンデルの祈りは切実です。

我らの父よ／天にましますます父よ／御名《みな》の清められん事を／天国の来たりて／御心のとげられ／我らに日々の糧《かて》を賜り／邪悪より守り給え／あなたの天国で／力で／栄光なればなり……神よ／この恐ろしき世の／我らを救いたまえ／私の子供たちを／私の友達を／私の妻を／ヴィクトルを／あなたを愛し／あなたを信じる者を／盲《めしい》にて／あなたを信じない者を／真にみじめで／あった事がなく／あなたを心にうかべる事の／かつてなかった者を　いまこの時に／希望と未来と生命を失い／御心を知る機会の／なかった者を／心に恐怖が充ち／世の終わりの近きを悟り／愛する者のために恐るる者を………

タルコフスキーの映画『サクリファイス』は、〈Oeさん〉が先にいった、「神さまを信じないインテリの主人公がいて、世界を救うためにはどうしても、魔女と性関係をもたなければいけないというので、魔女だといわれた女性に会いに行く」のです。女性の名は「マリア」でした。

ダックノート

〈Oé さん〉からの便りは、十年ぶりでした。

　ごぶさたしています。文章装釘のお仕事はずっと拝見しています。この八月に始まる「賢治＋司修　注文の多い展覧会」を拝見してから、お願いの手紙をさしあげようと思いました。

二〇一三年八月十日から九月二十九日までの展覧会は、県立神奈川近代文学館で開催されたものでした。

私の文章も装幀も〈Oé さん〉に、ずっと見ているといわれますと、嬉しいのを通り越し、夏服で誰もいないスケートリンクに立たされかのようでした。装幀はまだしも、文章となると「死刑台のエレベーター」です。

〈Oé さん〉からは、新しい本が出るたびに送られてきました。

『群像』に『晩年様式集《イン・レイト・スタイル》』の連載が始まって間もなく、妻専用の受話器に〈Oé さん〉から電話がかかるようになりました。なにごとも深く関わらず、誰に対しても言葉少ない性格なので、そういうことはよくあったのです。中には『晩年様式集《イン・レイト・スタイル》』連載のための重要な用件もありました。そうしたやりとりのすべては忘れましたが、〈Oé さん〉からのはがきに、小説中の、「ギー・ジュニア」と、ドレの絵の「サンチョ・パンサ」との関係が感じられます。

『ドン・キホーテ』The Hogarth Press 本、無事、落掌しました。ありがとうございます。私は、岩波文庫本新版にこの版の Doré の挿画を縮小したもの1―4弱の（と私の記憶に照し合わせますとなる）大きさのものが載ってから、自宅のコピー機で多様に大きさを変えて復元しようとしましたが、どうしても違和感がありました。いま原本を見ることができて、大袈裟にいえば万感迫っています。それというのも、サンチョ・パンサがしばらくキホーテと離れていて、再会するシーンで、かれの灰毛ロバと抱き合う挿画を見て、私の小説で仲の悪くなった私と光の仲直りの場面にもそれを「引用」しようと思ったことを思い出すからです。『憂い顔の童子』の表紙に（わずかにタテ、ヨコの比率がちがいますが）あの絵が使われているのは、その話をあなたにしていたからでしょう。いま三・一一後の光と自分を書いていて、この本のページを見ながらやっています。

はがきの中の「小説で仲の悪くなった私と光の仲直りの場面にもそれを「引用」しようと思ったこと」が重要な「こと」なのでした。光さんのジョーク「ウエスキー」と深い関連があると思う私です。

「三・一一後」まさに直後、群馬県立近代美術館での、《司修のえものがたり──絵本原画の世界》〈二〇一一年四月二十三日〜六月十九日〉という大きな展覧会の案内状もお送りしませんでした。「このような時に案内状を出すのは失礼だ」と思う私でした。

美術館の床が一部損壊したこともあり、「三・一一後」の展覧会は中止する予定でもあったのです。私のより一つ前の、ロシアの美術館所蔵作品展は、ロシアからの要望で、放射能汚染を避けるため返却したようでした。展覧会一つでも緊迫した空気が渦巻いていたのです。

私が美術館から展覧会依頼されたのは、その一年前のことですが、私は油彩作品の展示ではなく、絵本の原画が沢山あるので、「絵本展」をやりたいと申し込んだのでした。それが幸いして、「三・一一後」の黒く重い雲に覆われた社会に生きる子供たちへ、少しでも楽しみを、と美術館側が開催を決めたのでした。

天井の高い大展示場を私は、賢治の絵本『注文の多い料理店』に描いた料理店を入口に大きく立て、迷路のような壁面を作りました。賢治絵本原画を、注文の多い料理店内を歩いて見るようにしたのです。展示誘導で終わりの部屋に至ると、絵本に描いた壊れた時計の長い針が、11時02分を過ぎても絶対、02分に戻ってしまう映像を壁面に投映しました。長崎の原爆爆裂時間を意識していただくために。

最後の部屋は、松谷みよ子作『まちんと』と、いぬいとみこ作『野の花は生きる』で、ヒロシマを感じる展示にしました。

会場の外に出た広く長い廊下は、向田邦子さんの残した一言「アフリカの一平方メートルの土地」、そこからの絵本『100万羽のハト』(偕成社)で、私なりの「平和とは何か」を演出しました。『100万羽のハト』のあとがきを引用します。

「キリマンジャロの麓なのよ」向田邦子さんは書斎から地図を持ってきて絨毯の上に広げました。アフリカの地図。「ここです」向田さんはキリマンジャロの南の地点に指をおきました。「私の土地は一平方メートル」ぼくは白昼夢のまっただなかに放りこまれたようになりました。アフリカに一平方メートルの所有地があるなんて。「だれにもことわってないのよ。少女時代に決めたまま」幸福というのはこういう表情なんだと思える笑顔の向田さんは

「まだ一度も行ってないんですけどね」といいました。向田さんからお聞きした話はそれだけです。

ぼくは「大きい夢だ」と思ったし、生きている間、見ていられる夢だと思いました。所有権もなにもありません。そんなものいらない。そこへ行きたいと、思いつづけていれば夢は叶う。自分のものだけど自分のものではない。一平方メートルの土地に雨が降り、草が芽生え、たまたまバオバブのように大きな木がにょきにょき育っているかもしれない、と思いました。その木の下にどうしても行きたくなった象がいて、向田さんの土地の周りをどしどし歩いているかもしれない。ヒョウが夜のねぐらにして樹上に横たわっているかもしれない。猟をして迷った少年が、バオバブの木陰で休んで、つかの間の夢を見ているかもしれない。そこには行けない、ということがそもそも夢なんだ、と思いました。

（つかさおさむ作・絵『100万羽のハト』）

物語の登場者は、全て猫で、一色のペン画です。幼い娘を持つ母親が、自らの母からもらったアフリカの一平方メートルの土地を、娘にプレゼントするためナゾナゾ的に、小さな土地に起こったことを話して聞かせます。

かあさんは
ちょっとにおうわね　といいました
ゾウのとうさんが　いいてんきだって
だからね　ね
ちいさい土地には　いろんなものが
おちてたまって　木の芽がでるの

わたしはね
ボッタンのおとが　わかったわ
ゾウのとうさんの　うんちだったって
わたしはね
ジャーバシャだって　わかったよ
ゾウのとうさんの　オシッコなのよ

（つかさおさむ作・絵『１００万羽のハト』）

こんな具合に進みます。
美術館の廊下に、二十九枚の絵を拡大して、一メートル×一・五メートルの三角塔に貼りつけて並べ、さまざまな色のサインペンを大量に置いたのです。

絵本の原画展ということもあって、家族づれの来場者が多く、幼児から老人まで、「100万羽のハト」の絵に色を塗ってくれました。「三・一一」直後であったことが影響して、東北へ向けての言葉が多く書かれました。幼児の書いた稚拙な文字の「がんばれ‼」は、力強く感じたものです。

私は、熱心に色を塗る人たちを見ていて、〈Oéさん〉と光さんに、この場を見せたいなと何度思ったことか知れません。

ところが、今度、『晩年様式集《イン・レイト・スタイル》』として『群像』に連載しましたものを、全体として手を入れました。それを刊行前の仮とじ本（Uncorrected proofという通り校定していないものです）として批評家におくる、と担当者の友人、Y君がいってきましたので、あなたの所へも、もう届いているかも知れません。そこで、もしあなたが装釘してくだされば、と考えてきたことを急ぎお手紙します。

「Y」氏からUncorrected proof版は届いていました。それまでなかったUncorrected proof版は、担当者として、今度の本こそ本当に最後になると感じたのでしょう。私が読んでいてもそう感じました。それにしてもこの手紙を読んでいると、ピリピリピリという寒波が上空を通り過ぎる、音ではない音を感じます。いくつもの様式として描かれる小説は、私の装幀した本なので、その時代時代までも蘇り、〈Oé さん〉と、偶然に出会ってしまうにしては劇的であったりしたことまで思い出しました。そのひとつはこんなのでした。

新しい本のゲラを読むと私は内緒で、〈Oé さん〉に新しいニックネームをつけ、「悲しみもよく語る道化」としていたある日、私は新宿文化会館での《ミラノ・ピッコロ座公演》を観ていました。舞台近くの指定席は、道化師たちの唾が飛んでくるような場所で、道化芝居が終わって、仕草のいちいちの説明も終わって、観衆の大拍手で緞帳が下り、出口に向かう人たちが少なくなってから立ち上がり、人の流れにそって歩き始めると、出口付近で座席の前にいた人が振り向いたのです。

〈Oé さん〉でした。新宿文化会館を出ると真っ暗。私は当時、文化会館の近くに住んでいたので、行きつけの食堂へ〈Oé さん〉を案内しました。店は店とは思えない店でした。ガラス戸を開けて入ると、十畳ほどのコンクリート床に細いパイプ足のテーブルが四つしかない焼肉店で、初老の韓国人夫婦二人でやっていました。しかし料理は最上なのに客は少ないのでした。閉店までいたのは、《ミラノ・ピッコロ座》の満足度が〈Oé さん〉を満たしていたからだと思います。終電はもうなく、タクシーで成城までご一緒し、明け方までワインをご馳走になり泥酔して泊まってしまったのです。

［『深きところより、主よ』俺は阿呆だ。］（小林秀雄 訳『ランボオ詩集』より）

私は今度の「私小説」めいたもののしめくくり（のみならず、そこにも書きましたが、小説としてはそうなると考えます）を、あなたに作っていただきたいと思います。『取り替え子《チェンジリング》』の表紙絵（原画は私らの居間にずっとあります）が、光を一番いいかたちで後に残る肖像にしていただいた、と私も家内も大切にしています。そこであの絵を『晩年様式集《イン・レイト・スタイル》』で再び光をあてるようにしていただけないか、とねがっています。光本人は今年、五十歳になり、やはりあのかれ自身の肖像を懐かしんでいます。そこで、八月からの大きいあなたの本の展観を見て、考えつくことがあれば、と思いたった次第です。本は十月二十日頃には講談社で本になる予定でいます。

光さんの肖像を描いた時、光さんと互いに言葉を交わすことはなかったけれど、喜んでくれたんだと思い、私は、二羽の蝶が急に方向を変えつつ飛び交う姿を浮かべました。『洪水はわが魂に及び』の中で「ジン」という名で呼ばれた光さんが、あの肖像を懐かしんでいるというのです。なんと懐かしい手紙でしょうか。

これまで読んできた（おもにエリオットや西脇順三郎の詩がいま熱中しているところで、古い、というほかありませんが）本を一日中読んでいます。

そして、あと一年半ほどのうちに、ゆっくり書くことができれば、そのノートを続けることにしよう、というのが、「定点」に向けての考えです。

…………

深夜、三十代、四十代によくわからなかったところのあるT・S・エリオットと西脇順三郎を（しばしば、後者の前者の訳をあわせて読むこともして）じっくり読む時間はあります。どうもこの二人が私の生涯に出会った二人の天才という思いがします（あなたに、私が天才という言葉を多用しすぎるといわれたことを思い出します）。そして自分の若い時には思いもかけなかった「私小説」の作家としての一生を茫然と見渡す、ということもしています。

「天才という言葉を使いすぎる」と私がいったように書かれていますが、もし、私がそういったとしても、そのころの〈Oe さん〉でしたら、数十倍のジョークで私を笑わせ、私は沈み込んでいたでしょう。

私のむこうみずな言葉は、〈Oe さん〉の中でジョークに属するものと今でも思いますが、〈Oe さん〉が公の対談などで話されると、読者はジョークと取らないわけです。『新潮』一九九五年新年号特集の、大江健三郎・谷川俊太郎による対談《詩と散文の生まれるところ》で、〈Oe さん〉のジョークが飛び出しています。それを読んだ私は顔が赤くなりました。まさに「赤面」です。

谷川　文章を語っていると文体の話にどうしてもなるところがあるんで、もうちょっとできるだけ文章のほうに近づけたいんです。僕、かねがね、『燃えあがる緑の木』に関してでも、一度大江さんに伺いたいなと思っていることがあるんですけども、あそこで引用されている以上に、大江さんがそこから自分の創作のエネルギーの源を得ているような作品、例えばダンテにしろブレイクにしろ、イェーツにしろ、ありますよね。

大江　あります。

谷川　で、しばしば、英文で、原文で引用されていますね。ああいうふうに、日本語の文章の中に他国語が入ってくる時に、大江さんはバックグラウンドの違いがあるんですけど。大江さんは学者になりたかった方だから、ある意味ですごく勉強なすってて、つまり英語とかフランス語なんか、おそらく母語の日本語と同じぐらいに読んでいらっしゃるというところがあって、僕はそうじゃないっていう、その違いがありますよね。それからもうひとつは、違和感があるかないかということは世界文学というものを視野に置いた時に、日本文学をどうとらえるかということとの関係があるんですね。

詩を書いている人間は、最初から世界文学という文脈に詩をとても置きにくいんですね。小説家よりもはるかに母語にとらわれている。これは端的に言うと、翻訳のむずかしさという点で明らかになると思うんですけども、そういう自分の立場から言うと、大江さんが、わりと他の言語と日本語の間を自由に行き来していらっしゃるのが羨ましいところがある。大江さんは、日本語と英語をああいうふうに自由に行き来することに、ご自分である意識的な方法論を持っていらっしゃるのか、それともそれが大江さん自身の教養から自然に流れ出てくるものなのかということを一ぺん聞きたいなと思っていました。

大江　これについて、谷川さんよりももっと率直な言い方をする友達の意見をまず引用します。僕は自分と同時代に生きている友人にずいぶんお世話になってきたわけですけど、その中の大切な一人の司修という画家のこと。司さんが、お酒を飲んで、僕を徹底的に批判するということが、あの人と僕の関係の根本スタイルです。ぼくはじつにたびたび批判されてきた。この前、今度の三部作のうちの『揺れ動く〈ヴァシレーション〉』を読むと、あなたは英語の詩を最初から導入して、読者を、司という読者を拒否している。なんて嫌な小説家だろう、と彼が僕を批判しました。僕はその時困ったし、いまも考えているんです。

僕には、確かに小説に外国の詩を導入することに抵抗感がぜんぜんなくて、自然にやっている。しかし、じゃあ、なぜ外国の詩なのか。なぜ大伴家持じゃなく、なぜ芭蕉じゃないか。

菅原道真でないか。なんとなく、日本語ではなくて、英語あるいはフランス語という異質なもの、違ったものを導入するおもしろさというのはもちろんあるわけですね。谷川さんがそれに対して、自分はそのおもしろさを理解しないと言われるとすれば、僕はそれにちょっと疑問を持ちます。

谷川　いえ、僕は理解しないとは言っていませんし、嫌な小説家だとも思っていないんですよ（笑）

（『新潮』一九九五年新年号）

私は「私という読者を拒否している」といった覚えはありますが、「嫌な小説家」とはいっていません。対談上〈Oéさん〉から出た言葉《ジョーク》だと思います。どちらにしても、［特集◇文学の研究」という対談ですから私は赤面してしまうわけです。

〈Oéさん〉は私を酔わせてからかい、私が反発するのを楽しんでいたのです。そのようなやりかたは、小川国夫さんにもありました。

そういう時、あなたの宮澤賢治との一生、というか、その永年の集大成の展観をそれこそじっくり見たい、という気持があります。あなたが会場で九月には話をされるようだとも知っていますが、その前にこのいかにも個人的な思いだけの手紙を書くことになりました。このところ光がじっと黙ってかんがえていることが多く、「取り替え子《チェンジリング》」のスケッチでの、二人の光のそれぞれの、なにか前方を（あるいは内面を）見ている表情は、過ぎ去ってしまった（自分にとって多くが過ぎ去ってしまったように）のではないか、と胸をつかれることがありました。そのかれが私と家内と共生してくれていることの幸いというほかないことも思います。

私は、『晩年様式集《イン・レイト・スタイル》』装幀お引き受けいたします、とのはがきを書きました。横書きで、クイナの絵を添えたように思うのですが、記憶はだいぶ消えているので、思い出すままに文面のみ書いてみます。

ウエスキー！
それはマルコです！
O《おー》e K《けー》enzaburo sama《です》

ウエスキー！　については、前に書きました。
「マルコ」は、アニメ『母をたずねて三千里』の少年の名です。私の娘は一歳半ばになっても言葉を話しませんでした。妻は心配してかかりつけ医に相談したらしく、彼女はしっかり観察をして、言葉をため込んでいるから、喋り出すとうるさいぐらいになりますよ、といわれたらしいのです。私が画室にこもって仕事をしていると、ウワーと娘の泣き声が続くので、テレビのある食堂へ行き、妻に「泣かせるなよ」というと、「母をたずねて三千里を見ていて、マルコが、オカアサーンって、母の乗った船を追いかけて行ったら、突然泣き出したのよ、言葉もわからないのに」。妻がそういっている間も娘は泣き続けていたのです。

それからしばらくして、〈Oé さん〉と光さんが立川まで来ました。たしか、光さんのCDデザインの相談だったと思います。駅ビルの喫茶店で、退屈そうにしている娘に、〈Oé さん〉が話しかけたので、言葉がまだ、と妻が、アニメで娘の泣いた話をしたのでした。その時、光さんがニッコリして、「それはマルコです」といったのです。私たち夫婦はそのような発言に感動してしまうのでした。それで、説明ぬきの暗号文を書いたのです。

ウエスキー！　それはマルコです。

Oe《おー》Ken《けー》zaburo《です》 sama 装幀お引き受けいたしました、と。

〈Oé さん〉からの便りはすぐにやって来ました。

あなたのお葉書を光が読んでニコニコしている……という発見から始まって、わが家では司さんのご一家にマルコをふくめ光の言動の記憶が保っていただいている（それが光の記憶を活性化する）ということがわかり、お祭りのような盛り上りのする一日となりました。

絵の額は私の考えとはまた別に、講談社で写真をとり、それをお届けするようです。その装釘のいただける場合に、司さん御夫妻とお嬢さんに拙宅へ来ていただいて夕食と、とねがっています。またご連絡いたします。

私の文学は、一生続くかたちで光の記憶の代行をするという意図のものとなりましたが、司家では、それが生き生きと残っているわけで、喜びです。

私はふと、『晩年様式集《イン・レイト・スタイル》』の、「五十年ぶりの「森のフシギ」の音楽」にあった、「きみの立てた大きい音を聞いてわかった。きみはシューベルトの即興曲を聴くたびに、バレンボイム、サイード、そしてなにもかもを結んで思い出していた……」

あのシーンに描かれる原因となった光さんの沈黙がニコニコに変わったのではないかと思いました。

光さんのニコニコはなによりも嬉しい知らせでした。

あとがき

天才の中の、「普通の人」を描きたかったのです。

あとがき

主な参考文献・資料

大江健三郎『晩年様式集《イン・レイト・スタイル》』(講談社・二〇一三年)
『大江健三郎全作品1』(新潮社・一九六六年)
大江健三郎『ヒロシマ・ノート』(岩波新書・一九六五年)
『小国民新聞』一九四一年二月二十六日
『内子のむかし話』(愛媛県内子町教育委員会・一九八五年)
『日本の文学76』(中央公論社・一九六八年)
『文藝』一九六五年一月号(河出書房新社)
大江健三郎『厳粛な綱渡り　全エッセイ集』(文藝春秋・一九六五年)
大江健三郎『叫び声』改装版(講談社・一九七〇年)
司修『影像戯曲　証人』(憂鬱工房・こぐま社・一九七〇年)
三島由紀夫『癩王のテラス』(中央公論社・一九六九年)
『みづゑ』一九四一年一月号(美術出版社)
新藤兼人監督、映画『さくら隊散る』(一九八八年)

『みづゑ』一九四一年四月号（美術出版社）
吉村昭『孤独な噴水』（講談社・一九六四年）
吉村昭『私の文学漂流』（新潮社・一九九二年）
古井由吉『杳子・妻隠』（河出書房新社・一九七一年）
武田泰淳『富士』（中央公論社・一九七一年）
大江健三郎『鯨の死滅する日　全エッセイ集第3』（文藝春秋・一九七二年）
『群像』一九七一年二月特大号（講談社）
大江健三郎『沖縄ノート』（岩波新書・一九七〇年）
大江健三郎『持続する志　全エッセイ集第2』（文藝春秋・一九六八年）
A・A・ミルン 著、石井桃子 訳『クマのプーさん』（岩波書店・一九六八年）
松谷みよ子 文、司修 絵『まちんと』（偕成社・一九七二年）
司修『空白の絵本　語り部の少年たち』（鳥影社・二〇二〇年）
大江健三郎 文、大江ゆかり 画『恢復する家族』（講談社・一九九五年）
司修『風船乗りの夢』（小沢書店・一九八七年）
木下順二 文、清水崑 絵『かにむかし』（岩波書店・一九七六年）
宮沢清六・堀尾青史 編、司修 画『宮沢賢治童話集』（実業之日本社・一九七一年）

大江健三郎 文、大江ゆかり 画『ゆるやかな絆』（講談社・一九九六年）

大江健三郎『ヒロシマの「生命の木」』ＮＨＫライブラリー№99（ＮＨＫ出版・一九九四年）

大江健三郎『「雨の木」を聴く女たち』（新潮社・一九八二年）

モーリス・センダック 作・絵、わきあきこ 訳『まどのそとの そのまたむこう』（福音館書店・一九八三年）

モーリス・センダック 作・じんぐうてるお 訳『かいじゅうたちのいるところ』（冨山房・一九七五年）

大江健三郎『取り替え子《チェンジリング》』（講談社・二〇〇〇年）

小林秀雄 訳『ランボオ詩集』（創元社・一九四八年）

大江健三郎『同時代ゲーム』（新潮社・一九七九年）

ジャン・コクトー 監督、映画『オルフェ』（一九五〇年）

『司修画集 壊す人からの指令』（小沢書店・一九八〇年）

大江健三郎『洪水はわが魂に及び』上・下（新潮社・一九七三年）

司修『私小説・夢百話』（岩波書店・二〇二三年）

宮澤賢治 作、司修 絵『《絵本》銀河鉄道の夜』（偕成社・二〇一四年）

武満徹『夢の引用』（岩波書店・一九八四年）

宮澤清六『兄のトランク』（筑摩書房・一九八七年）
宮澤賢治 詩、司修 絵『雨ニモマケズ』（偕成社・二〇一二年）
『巌手公報』一八九六年八月二十五日
『巌手公報』一八九六年七月三日
大江健三郎『「最後の小説」』（講談社・一九八八年）
『山之口貘詩集』（原書房・一九五八年）
串田孫一 監修『渡邊一夫装幀・画戯集成』（一枚の繪・一九八二年）
大江健三郎『われらの時代』（中央公論社・一九五九年）
野上素一 訳『世界古典文学全集35 ダンテ』（筑摩書房・一九六四年）
大江健三郎『懐かしい年への手紙』（講談社・一九八七年）
野上素一 訳・編『ダンテ神曲 詩と絵画にみる世界』（社会思想社・一九六八年）
『日本経済新聞』夕刊、二〇二〇年十月十二日
大江健三郎『河馬に噛まれる』（文藝春秋・一九八五年）
大岡昇平『武蔵野夫人』（大日本雄弁会講談社・一九五〇年）
キャロル・リード 監督、映画『第三の男』（一九四九年）
大江健三郎『「雨の木」を聴く女たち』（新潮社・一九八二年）

畑山博 著・司修絵『アステカの少女』（旺文社、一九七七年）
川崎寿彦『森のイングランド　ロビン・フッドからチャタレー夫人』（平凡社・一九八七年）
アンドレイ・タルコフスキー 監督、映画『サクリファイス』（一九八六年）
司修 作・絵『１００万羽のハト』（偕成社・二〇一一年）
いぬいとみこ 文、司修 画『野の花は生きる リディツェと広島の花たち』（童心社・一九七二年）
『新潮』一九九五年新年号（新潮社）
高畑勲 監督、テレビアニメ『母をたずねて三千里』（一九七六年）

初出一覧

1970『叫び声』『群像』二〇二三年五月号（講談社）
1970《シンガポールの水泳》『ユリイカ』二〇二三年七月臨時増刊号（青土社）
悲しみもよく語る道化『季刊文科』二〇二三年夏季号（鳥影社）
『クマのプーさん』を読みながら『図書』二〇二三年八月号（岩波書店）

本書は『季刊文科』二〇二三年秋季号掲載の「小説・さようなら大江健三郎こんにちは」に加筆・修正を行い、各誌に掲載された追悼文を収録し、再編集したものです。

〈著者紹介〉

司　修（つかさ・おさむ）

1936年生まれ。画家、小説家。法政大学名誉教授。

中学卒業後、独学で絵を学び、絵画や版画をはじめ、絵本、書籍の装丁、挿絵など多岐にわたる作品を発表。また小説やエッセイ、脚本など文筆分野での活躍でも知られる。

1978年『はなのゆびわ』で小学館絵画賞受賞。1993年「犬」で川端康成文学賞、2006年『ブロンズの地中海』で毎日芸術賞、2011年『本の魔法』で大佛次郎賞受賞。2016年イーハトーブ賞受賞。

展覧会
1986年『司修の世界』（池田20世紀美術館）
2011年『司修のえものがたり——絵本原画の世界』（群馬県立近代美術館）
2023年『賢治＋司修　注文の多い展覧会』（神奈川県立近代文学館）

著書
絵本：『河原にできた中世の町』（文・網野善彦、岩波書店）
　　　『まちんと』（文・松谷みよ子、偕成社）
　　　『ぼくはひとりぼっちじゃない』（作・絵 司修、理論社）
小説：『幽霊さん』（ぷねうま舎）
　　　『戦争と美術』（岩波新書）
　　　『空白の絵本　—語り部の少年たち—』（鳥影社）
などがある。

さようなら
大江健三郎
こんにちは

2024年3月3日初版第1刷発行
著　者　司　修
発行者　百瀬精一
発行所　鳥影社（choeisha.com）
〒160-0023 東京都新宿区西新宿3-5-12トーカン新宿7F
電話 03-5948-6470, FAX 0120-586-771
〒392-0012 長野県諏訪市四賀229-1（本社・編集室）
電話 0266-53-2903, FAX 0266-58-6771
印刷・製本　モリモト印刷

ISBN978-4-86782-077-3　C0095